DIE 216

Fritz Erpenbeck

Der betende Engel

Kriminalgeschichten aus der DDR

DAS NEUE BERLIN

Inhalt

Vorbemerkung

Er konnte ziemlich bissig werden, wenn ein Interviewer die unvermeidliche Frage stellte, was ihn, den »seriösen« Romancier, bewogen habe, »in die Gefilde des Krimis ›hinabzusteigen‹«. Dann prüfte er mit Gegenfragen die Belesenheit des Journalisten (Leute, die gerade mal zwei Krimis kannten und sich von daher ein Urteil über das gesamten Genre anmaßten, waren bei ihm an der falschen Adresse), oder entgegnete trocken: »Ich nehme Krimis durchaus ernst (...) es gibt, wie bei jeder Literatur, gute und schlechte.« Der sich so für die Ehrenrettung eines mißachteten Genres einsetzte, war nicht irgendwer, sondern ein großer Mann in der DDR – ein Spitzenfunktionär der SED, der an den Schalthebeln der Kulturpolitik gesessen hatte. Seine Meinung galt etwas, auf sein Beispiel und seine Bücher konnten andere sich berufen. Er nutzte seine Autorität ganz gezielt, um dem Krimischreiben in den sechziger Jahren neue Impulse zu geben und so manchen

Weg zu ebnen. Zu Recht ist er als »Nestor« der Kriminalliteratur der DDR bezeichnet worden.

Fritz Erpenbeck, 1897 in Mainz geboren, war nach dem Ersten Weltkrieg Schauspieler an Wanderbühnen, trat Ende der zwanziger Jahre der KPD und dem Bund proletarisch-revolutionärer Schriftsteller bei und arbeitete als Journalist beim »Magazin für alle« und »Eulenspiegel«. 1933 floh er mit Ehefrau Hedda Zinner vor den Nazis nach Prag, 1935 dann nach Moskau. 1945 kehrte er mit der »Gruppe Ulbricht« nach Berlin zurück, betraut mit dem Aufbau des Presse- und Verlagswesens. Er gründete u.a. die Zeitschrift »Theater der Zeit«, die er bis 1959 leitete. 1962 ging er in den Ruhestand und begann zur nicht geringen Verwunderung mancher Beobachter eine Krimiserie zu schreiben. Sechs Romane davon erschienen bis 1973, daneben eine Reihe von Geschichten, die im »Magazin« abgedruckt und dann zum überwiegenden Teil im Sammelband »Der betende Engel« (1975) zusammengefaßt wurden. Einen nachgelassenen Kriminalroman – Erpenbeck war Anfang 1975 gestorben – veröffentlichte die Zeitung »Der Morgen« in Fortsetzungen 1976.

Mit »Künstlerpension Boulanka« (1964) etablierte Erpenbeck sein Kriminalistentrio, das auch die nachfolgenden Fälle lösen sollte. Bereits dieser Umstand erregte damals Aufsehen, denn Serienfiguren waren im DDR-Kriminalroman unüblich, ja, galten als geradezu verpönt. Die Vorbehalte gingen auf ihre Herkunft aus den klassischen englischen Krimis Conan Doyles und Agatha Christies sowie ihr massenhaftes Auftreten in der Heftchenliteratur zurück; auch stand ihre notwendig statische, typenhafte Anlage im Widerspruch zu der immer wieder geforderten »realistischen« (umfassenden, vielschichtigen) Zeichnung der Kriminalisten. Erpenbeck setzte sich über den diversen Wust halb ideologischer, halb literarästhetischer Theoreme hinweg, indem er erklärte, als Krimiautor im Kampf um die Lesergunst und gegen »westliche Reißer« könne er nicht auf literarische Strukturen und Mittel von erwiesener Massenwirksamkeit verzichten. Er formulierte es bildlich: Auch ein Boxer lehne es ab, »mit gefesselten Armen in den Boxring zu treten«.

Die ermittelnden Kriminalisten sind als komplementäre, einander ergänzende Personen angelegt und haben entsprechend unterschiedliche Kompetenzbereiche. Da ist Hauptmann Brückner, ein gemütlicher älterer Herr in den Fünfzigern, ohne genialische Züge, aber mit psychologischem Gespür, das ihm bei Tatortbesichtigungen und Befragungen zu ersten Anhaltspunkten verhilft. Sein menschliches Einfühlungsvermögen, an dem Sympathien und Antipathien beteiligt sind, hat aber auch eine Kehrseite – es macht ihn täuschbar. Dagegen ist Oberleutnant Becker gefeit. Der nüchterne »Tatsachenfanatiker« sieht die Ermittlung eher als Rechenexempel. Mit der trockenen Leidenschaftlichkeit des Pedanten schiebt er auf seinem Schreibtisch Zettelchen mit den gesicherten Fakten hin und her, bis sie zueinander passen oder Widersprüche offenbaren. Unbeholfen im Umgang mit Menschen, bedient er sich eines »dienstlichen« Tons, der sich wie eine Parodie auf geschraubtes Amtsdeutsch ausnimmt. »Windhund« Lorenz, der junge Leutnant, bringt seine Spontaneität ein. Unbekümmert spinnt er kühne Hypothesen aus und tippt impulsiv auf den vermeintlichen Täter – manchmal sogar auf den richtigen.

Solche »vollsynthetische« Figurenkonstellationen sind im Krimi durchaus sinnvoll, denn sie organisieren unterschiedliche Sichtweisen auf den Fall, ermöglichen spannende Kontraste beim Erzählen, stimulieren die Aufmerksamkeit des Leser immer wieder neu. Bei Erpenbeck kommt noch etwas hinzu: Neben dem Lösen des Falls geht es immer auch darum, ein Kollektiv zu werden. Diese Doppelperspektive charakterisiert »Künstlerpension Boulanka« in besonderer Weise, bildet aber auch in den nachfolgenden Romanen (außer in »Der Tote auf dem Thron«) den Rahmen für das Zusammenwirken der Kriminalisten. Die Aufklärung des Verbrechens ist so immer auch ein Sieg des Kollektivs über den (kriminellen) Einzelnen. Auf dieses Nebenthema wird in den eher schlicht und schnörkellos erzählten Geschichten – sehr zu ihrem Vorteil – verzichtet.

Bezeichnend für Erpenbecks Darstellungsabsichten sind auch die Ebenen, auf denen die Auseinandersetzung zwischen Polizei und Verbrechern während der Ermittlung verlaufen. Die Verbrecher suchen sich ihrer Entdeckung durch mehr oder weniger kluge Täuschungsmanöver (Auslegen falscher und Tilgen verräterischer Spuren) sowie durch tätliche Angriffe auf die Polizisten zu entziehen. Die Ermittler verfolgen die Täter auf einer intellektuelle Ebene (logische Schlußfolgerungen), aber zugleich auf einer wissenschaftlich-technischen (Gutachten des Kriminaltechnischen Instituts) und organisatorischen (Polizeiapparat und Kollektivität). Charakteristischerweise tragen die Verbrecher auf der Ebene der direkten köperlichen Auseinandersetzung (obwohl die Kriminalisten ihre Dienstwaffen zücken oder ihre Judokenntnisse einsetzen) den Sieg davon, während sie auf allen anderen Ebenen die hoffnungslos Unterlegenen bleiben. Erpenbecks Kriminalisten bilden mit ihrer eklatanten Unfähigkeit zu körperlicher Gewaltanwendung und zum bewaffneten Kampf einen polemischen Gegenpol gegen diverse westliche Literaturdetektive, insbesondere der amerikanischen »hartgesottenen« Schule, gegen die in den sechziger Jahren heftig gewettert wurde. Erpenbeck wollte, daß seine Kriminalisten die Bewunderung der Leser vor allem durch ihre Unermüdlichkeit erringen, mit der sie ihre Kleinarbeit bewältigen, sich aus scheinbar hoffnungslos Situationen herausarbeiten und schließlich zum Erfolg kommen.

Fritz Erpenbeck hat mit seinen Krimis anderen Autoren in den sechziger Jahren Mut zum Schreiben gemacht. Das war nötig in einer Zeit, in der ständig das Aussterben der Kriminalität in der »sozialistischen Menschengemeinschaft« proklamiert und Kriminalliteratur als ein sterbendes Genre charakterisiert wurde, das wiederzubeleben sich nicht lohne. Manche Autoren griffen unter diesen Bedingungen zu Winkelzügen: Sie verlegten den Handlungsschauplatz ihrer Krimis ins westliche Ausland, schrieben Historiokrimis oder mordeten ihr Genre geflissentlich gleich selbst, indem sie Bagatellfälle oder nur vermeintliche Verbrechen darstellten. Solche Ausflüchte lehnte Erpenbeck ab. Dennoch sind seine Krimitexte, auch wenn sie als schlichte Berichte daherkommen und Einblicke in die Verhältnisse in der DDR der fünfziger und sechziger Jahre erlauben, keine authentischen Zeitschilderungen. Sie sind vielmehr der Versuch, das Bild einer neuen Gesellschaft zu entwerfen, die in rapider Entwicklung begriffen ist und sich von Überbleibseln der Vergangenheit befreit.

Die gefilterte Wahrnehmung von Erpenbecks Krimikonzept erweist sich am deutlichsten in der Wahl und Charakterisierung seiner Täterfiguren. Er selbst hat nie einen Hehl daraus gemacht, daß er aufgrund seiner politischen Überzeugungen die Ursachen kriminellen Verhaltens in den Nach- oder Einwirkungen des kapitalistischen Gesellschaftssystems sah, denen »hauptsächlich ideologisch kleinbürgerliche, unproduktive Existenzen« erliegen. Dieses enge Schema zu überwinden und zu zeigen, daß weder das Aufwachsen im Realsozialismus der DDR noch die Zugehörigkeit zur Arbeiterklasse noch das ovale Parteiabzeichen am Revers einen schwachen Menschen davor bewahren, zum Verbrecher zu werden, blieb einer anderen, jüngeren Autorengeneration in den siebziger Jahren vorbehalten.

Reinhard Hillich

Das Beil

»Genosse Brückner«, wurde der bekannte Kriminalist gefragt, »welcher Fall hat Sie in Ihrer langjährigen Praxis am meisten aufgeregt?«

Hauptmann Brückner lächelte. »Sie erwarten jetzt vermutlich eine Geschichte mit wilden Schießereien, atemraubenden Verfolgungen und dergleichen. Aber ich muß Sie enttäuschen. Es war ein Mordfall, den meine Mitarbeiter und ich sozusagen am Schreibtisch aufklärten. Trotzdem hat er mich am meisten aufgeregt oder doch sehr stark berührt.«

»Erzählen Sie!«

»Die einundsiebzigjährige Witwe Buralke wurde frühmorgens mit einem Beil erschlagen aufgefunden. Sie war Inhaberin eines kleinen Tabakladens; der Verkauf von Losen der Bären-Lotterie brachte ihr eine beachtliche Nebeneinnahme. Der Mörder war – ohne Spuren zu hinterlassen – in ihren Wohnraum, der sich dem Laden anschloß, eingedrungen und hatte die alte

Frau mit einem Hieb getötet. Sanitätsrat Vollmer, unser ständiger medizinischer Mitarbeiter, stellte fest, daß die Tat abends zwischen achtzehn und zwanzig Uhr begangen worden sein mußte. Die Untersuchung in der zuständigen Abteilung des Gerichtsmedizinischen Instituts konnte nach dem Mageninhalt die Zeit auf eine Stunde präzisieren: zwischen achtzehn Uhr dreißig und neunzehn Uhr dreißig. Die Mordwaffe war am Tatort zurückgelassen worden. Sie war vom Mörder mitgebracht worden, denn Frau Buralke besaß kein Beil. Die Schneide war blutbefleckt, der Schaft voller Fingerabdrücke, darunter sehr klar lesbare. In unserer Kartothek waren sie nicht registriert. Sie wissen wohl«, fuhr Brückner fort, »daß die Daktyloskopie, die Wissenschaft von den Fingerabdrücken, mein Spezialgebiet ist. Nicht nur mir, sondern auch meinen beiden ständigen Mitarbeitern fiel es natürlich auf, daß es am Tatort keine weiteren Fingerspuren gab, nicht einmal an der aufgebrochenen Stahlkassette, die der Mörder ausgeraubt hatte.«

»Wußte man, wieviel er erbeutet hat?« fragte einer der Zuhörenden.

»Rund neunhundert Mark. Übrigens mußte sich der Täter den Zeitpunkt des Mordes gut überlegt haben. Nur an Tagen kurz vor der Lotto-Ziehung war die Einnahme des bescheidenen Lädchens so relativ hoch. Wir konnten fast sicher sein, daß der Täter planmäßig vorgegangen war, und dazu gehörte, daß er Handschuhe trug.«

»Aber warum hat er diese Vorsichtsmaßnahme bei dem Beil außer acht gelassen?«

Peter Brückner zuckte die Achseln. »Das war uns allen zunächst ein Rätsel. Und dieses Rätsel wurde noch undurchdringlicher, als wir uns, veranlaßt durch die Aussage einer Nachbarin, zur Festnahme des vermutlichen Mörders Jürgen Schlössel entschlossen. Ein Oberschüler, knapp sechzehn Jahre alt; der Vater Werkleiter eines großen volkseigenen Betriebs, beruflich außerordentlich in Anspruch genommen, die Mutter Laborantin und, ebenso wie der Vater, gesellschaftlich sehr rege. Beide Eltern hatten in der Erziehung ihres Jungen mancherlei versäumt, und so war er auf die schiefe Bahn geraten. Als der Vater die Festnahme seines Sohnes und deren Anlaß erfuhr, erlitt er einen Nervenzusammenbruch; die Mutter konnte sich nicht genugtun an Selbstanklagen. Aber nun war es zu spät. Auf meinem Schreibtisch lagen die vergrößerten Reproduktionen der von dem Beil abgenommenen Fingerabdrücke und daneben diejenigen Jürgen Schlössels. Leider gab es nicht den geringsten Zweifel: sie waren identisch. Jürgen mußte der Mörder sein. Ich nehme an, Sie alle wissen, daß Fingerabdrücken hundertprozentige Beweiskraft zukommt?«

»Wie verhielt sich denn der Bengel, als Sie ihn verhörten?« fragte jemand.

»Sehen Sie, da begann für mich, der ich – das darf ich wohl sagen – über eine reiche Berufserfahrung verfüge, das aufregende Rätsel. Aber bevor ich darüber spreche, muß ich Ihnen noch einiges über den Jungen erzählen. In der Schule war er einer der Besten. Die Lehrer, die Mitschüler – alle schilderten ihn als besonders intelligenten, etwas leichtsinnigen Jungen, dem das Lernen ungewöhnlich leichtfiel. Nachbarn, die ihn kannten, bestätigten, daß Jürgen zwar sehr lebhaft, stets zu

Streichen aufgelegt, aber auch höflich und, besonders alten Leuten gegenüber, rücksichtsvoll und hilfsbereit gewesen sei. Niemand hätte ihm die furchtbare Tat zugetraut. Aber wir erfuhren auch, teils von diesen Zeugen, teils aus Akten, daß Jürgen Schlössel schon ein Jahr zuvor in eine böse Geschichte verwickelt gewesen war. Er, als der Intelligenteste und Tatenlustigste, war der Anführer einer Bande von Klassenkameraden und Lehrlingen gewesen. Fast alle anderen waren älter als er. Sie hatten unter Jürgens Führung einen Zigarettenautomaten erbrochen und ausgeraubt. Die Sache kam vor das Jugendgericht. Fast nur günstige Zeugenaussagen und Charakteristiken. Die Beute war minimal. Das Geld reichte nicht einmal zu einem gemeinschaftlich geplanten Wochenendausflug. Die Zigaretten ließen Jürgen ohnehin gleichgültig; er rauchte nicht. Das Gericht urteilte sehr mild. Es wertete die Tat als unüberlegten Jungenstreich, verwarnte die Beteiligten, nur Jürgen Schlössel als der Anführer und Haupttäter erhielt eine geringfügige Freiheitsstrafe, jedoch mit Bewährung.«

»Die Eltern hätte man bestrafen müssen!« rief einer der Zuhörer ärgerlich.

»Man hat sie nicht bestraft«, antwortete Brückner ruhig, »sie waren schon genügend gestraft durch den Schreck und den Kummer, als sie erfuhren, wohin ihre Nachsicht geführt hatte. Den Lehrern und der FDJ-Gruppe in der Schule erging es ähnlich. Sie alle kümmerten sich von nun an stärker um Jürgen und die anderen Übeltäter ...«

»Der Erfolg blieb ja nicht aus!« warf der ärgerliche Zuhörer ironisch ein.

Peter Brückner zuckte abermals die Achseln.

»Jedenfalls schämte sich Jürgen seiner dummen Tat und suchte sie auf alle mögliche Art gutzumachen: freiwillige Arbeitseinsätze, Hilfe für zurückbleibende Mitschüler und so weiter. Doch dies alles wußte ich noch nicht, als ich Jürgen Schlössel kurz nach seiner Festnahme zum erstenmal vernahm. Ich sagte vorhin, das sei für mich sehr aufregend gewesen. Gewöhnlich war es nämlich so, daß jugendliche Kriminelle zunächst stur leugneten, dann, wenn wir sie überführt hatten, mit geradezu zynischer Offenheit, ja mit einer primitiven Renommiersucht alle Einzelheiten ihrer Tat schilderten und schließlich freche Reden führten. Bei Jürgen Schlössel war das ganz anders. Er war seelisch zusammengebrochen, er weinte und schluchzte. Immer wieder fragte er besorgt nach seinen Eltern. Er flehte mich an, er beschwor mich, den Eltern zu versichern, daß er unschuldig sei. Einmal versuchte er sogar einen Selbstmord.«

»Er leugnete also?«

»Ja. Sein ganzes Verhalten war, wenn ich so sagen darf, menschlich erschütternd. Der Junge war mir – auch wir Kriminalisten sind Menschen und haben Schwächen – äußerst sympathisch. Ich mußte entschieden gegen meine Sympathie ankämpfen, ganz zu schweigen von meinem jungen Mitarbeiter Leutnant Lorenz; sogar mein korrekter, um nicht zu sagen überkorrekter Oberleutnant Becker begann, trotz unwiderlegbarer Beweiskraft der Fingerabdrücke, an der Schuld des Jungen zu zweifeln. Ich redete Jürgen väterlich zu, sein Gewissen zu erleichtern. ›Du bist doch ein intelligenter Junge‹, sagte ich, ›du weißt doch, daß es auf der ganzen Welt nicht zwei Menschen mit völlig gleichen Papillarlinien gibt. Willst du nicht endlich gestehen?‹ Er schüttelte traurig den Kopf und antwortete tonlos: ›Ich weiß nicht, wie meine Fingerabdrücke auf das Beil gekommen sind.‹ Ich muß sagen«, fuhr Brückner fort, »daß dieses sinnlose, starre Leugnen anfing, mich zu ärgern. Ich begann schließlich, alle Gefühlsäußerungen Jürgens für raffiniertes Theater zu halten.«

»Das war es auch!« warf eine Zuhörerin ein.

»Mit Vermutungen kommen wir in der Kriminalistik nicht weit«, antwortete Hauptmann Brückner ihr höflich. »Für uns gilt lediglich die Tatsache – die erwiesene Tatsache. Eine dieser Tatsachen war beispielsweise, daß das Beil der Familie Schlössel im Kohlenkeller, im Haubock steckend, vorgefunden wurde. Und das Beil, mit dem die Tat begangen wurde, war nicht neu, im Gegenteil, es wurde vom Kriminalistischen Institut als alt, oft gebraucht und schartig bezeichnet. Übrigens muß ich hier einflechten, daß das Gutachten der medizinisch-biologischen Abteilung zurückhaltend war: Die Blutspuren stammten zwar zweifellos aus derselben seltenen Gruppe, der die Ermordete angehörte, das heißt, es war mit fast hundertprozentiger Sicherheit ihr Blut; aber merkwürdigerweise konnte nach dem Zustand der Kopfwunde nicht ebenso sicher festgestellt werden, ob die Tat mit diesem Beil verübt worden war. Es gab sogar berechtigte Zweifel: nicht ein Haar an der Schneide, kein einwandfrei erkennbarer Eindruck der Scharten in der Schädeldecke.

›Hast du in letzter Zeit ein Beil in der Hand gehabt?‹ fragte ich Jürgen Schlössel.

Er hörte gar nicht hin. ›Ich habe es nicht getan! Ich habe es nicht getan! Ich habe es nicht getan!‹ schrie er leidenschaftlich.

›Hör mal zu, Jürgen‹, hielt ich ihm vor, ›du bist doch kurz vor der Tat an der Ladentür der Frau Buralke gesehen worden.‹ Das gab er ohne weiteres zu. ›Was wolltest du dort?‹ Er hatte eine glaubhafte Erklärung, deren Richtigkeit später von mehreren Zeugen bestätigt wurde: ›Ich wartete auf meinen Freund Erwin Krüger, der im Haus gegenüber wohnt. Ich habe sogar ein paarmal gepfiffen. Wir wollten ins Kino. Aber Erwin kam nicht ans Fenster; da ging ich wieder fort.‹ – ›Wohin?‹ – Daran konnte oder wollte er sich nicht erinnern. Ich ließ ihn erzählen, wo er vorher war und was er da getan hatte. ›Nach dem Mittagessen habe ich mit Karla Böhm Schularbeiten gemacht, ich helfe ihr immer in Mathe und Physik. Danach haben wir uns auf dem kleinen Grasplatz vor den Schrebergärten an der Lindenstraße getroffen ...‹

›Wer?‹ unterbrach ich ihn. Er zählte mir die Namen von fünf Kameraden auf, die Becker dann eingehend vernahm. Es stimmte alles. ›Was habt ihr dort getan?‹ Wieder eine völlig glaubhafte und später von Lorenz überprüfte Antwort: ›Erwin hat ein neues Campingzelt geschenkt bekommen, das haben wir probeweise aufgebaut. Dann bin ich nach Hause gegangen und habe ein paar Stullen gegessen. Dabei fiel mir ein, daß im Kino Lux ein Film gegeben wurde, den Erwin und ich noch nicht kannten. Ich wollte Erwin abholen, aber er war, wie gesagt, nicht zu Hause.‹«

»Ausgekochter Bengel«, schnaufte der ärgerliche Zuhörer.

Uns schien, daß Brückner lächelte, als er fortfuhr: »Da meldete sich ein gewisser Emil Korak als Zeuge, einundsechzig Jahre alt, Laubenkolonist. Becker hatte ihn nachmittags befragt, als er die Aussage Jürgens nachprüfte. Ja, sagte Korak nun auch zu mir, seine Laube liege unmittelbar hinter dem Rasenstück, wo die sechs Jungen das Zelt aufgestellt hätten. Er habe sogar eine Zeitlang zugesehen. Aber jetzt wäre er gekommen, um diese Aussage zu ergänzen. Er habe das erst nicht tun wollen, denn der Vater Jürgens sei – so drückte er sich aus – sein Feind. Er habe veranlaßt, daß er, Emil Korak, vor anderthalb Jahren fristlos aus dem Betrieb entlassen worden sei, und nun könnte es vielleicht so aussehen, als wolle er sich rächen. Aber schließlich, die Wahrheit ginge doch über alles. – Ich möchte hier einflechten, daß dieser Zeuge auf mich einen schmierigen, verlogen-treuherzigen Eindruck machte. Aus dem Betrieb war er wegen tätlicher Bedrohung eines Meisters entlassen worden. Er war ein Faulenzer und trank. ›Was wollen Sie ergänzen?‹ fragte ich ihn.

›Ich habe beobachtet, daß Jürgen Schlössel ein Beil bei sich hatte. Er schlug damit die Heringe des Zelts in den Boden.‹

›Sonst noch etwas?‹

›Nein.‹

›Ich danke Ihnen‹, sagte ich. ‚Sie können gehen.‹ Ich war selten in meinem Leben so aufgeregt wie nach dieser Zeugenvernehmung. Kaum war Korak zur Tür hinaus, da klingelte ich und ließ mir das Beil bringen. Ein Blick genügte, und ich war meiner Sache sicher. Ich ließ sofort eine Hausdurchsuchung bei Korak durchführen und ihn festnehmen. Das Beil, mit dem er die Tat begangen hatte, wurde – sorgsam gesäubert – bei ihm gefunden. Natürlich hilft alles Säubern beim Stand unserer heutigen kriminaltechnischen Untersuchungsmethoden gar nichts. Das andere Beil, an das sich Jürgen, wenn er meine Frage überhaupt verstanden hatte, nicht erinnerte, hatte Erwin Krüger mitgebracht. Korak hatte es später, von den Jungen unbemerkt, durch den Lattenzaun zu sich herübergezogen. Am Tatort hat er dann die Schneide mit Blut beschmiert und das Beil dort liegenlassen.«

»Aber wieso wußten Sie nach der Vernehmung des Korak plötzlich Bescheid?« fragten wir verblüfft.

»Ich hatte bis dahin den groben Fehler begangen, mir die Fingerabdrücke Jürgens nur in der Reproduktion anzusehen. Hätte ich statt dessen den Schaft des Beils selbst untersucht, würde ich sofort bemerkt haben, daß – wie es bei dem Eintreiben der Holzpflöcke in den Boden tatsächlich geschah – die stumpfe Seite des Beils von Jürgen wie ein Hammer benutzt worden war.«

Als Peter Brückner geendet hatte, schwiegen wir lange. Jeder machte sich wohl seine Gedanken.

Dann sagte jemand: »Fritz, schreib das auf.«

Das tat ich. In diesem und dann in vielen anderen Fällen. Bis es mir gelang, meinen Freund Brückner zu überreden, selbst zu schreiben.

So entstanden bis heute viele Erzählungen und sechs Romane, von denen der bescheidene Autor meint, sie seien »nur Tatsachenberichte eines schreibenden Kriminalisten«.

Ich finde, daß Peter Brückner die Ergebnisse seiner Arbeiten unnötig abwertet. Ich glaube vielmehr, daß er im Prozeß des Gestaltens zu einem realistischen Erzähler geworden ist.

Der betende Engel

Tatort Friedhof. – Im Wagen murrte Peter Brückner vor sich hin. Becker und Lorenz kannten das. Es war diesmal nicht nur die nervöse Unbestimmtheit, so eine Art von Lampenfieber wie vor jedem ungewissen Fall, sondern auch das Milieu. Peter Brückner hatte von jeher eine tiefe Abneigung gegen sogenannte Gottesäcker. Ihn stieß vor allem die steingewordene Heuchelei ab: Grabmonumente mit pathetisch-sentimental oder religiös verbrämter Versicherung eines »ewigen Gedenkens«, Grabhügel, bei wohlhabenden Hinterbliebenen vom Friedhofsgärtner im Abonnement gepflegt, sonst schon nach kurzer Zeit wucherndes Unkraut, Verwahrlosung und Verfall.

Tatort Friedhof also ...

Es war Mitte Oktober, aber das trüb-feuchte Wetter ließ an unfreundliche Novembertage denken.

Eine alte Frau hatte beim Wasserholen den Toten im Buschwerk hinter einem Monument entdeckt, den Friedhofswärter benachrichtigt, und dieser hatte sofort das nächste Polizeirevier verständigt.

Dr. Vollmer, der medizinische Mitarbeiter, traf nur wenige Minuten später als Brückner und seine beiden Mitarbeiter ein. Er bestimmte die Tatzeit auf ungefähr zwei Stunden vor Mitternacht bis zwei Stunden danach. Die Todesursache war klar: Hieb mit einem schweren, runden Gegenstand von vorn auf den Kopf. Er war zertrümmert.

»Mit nur einem Hieb?«

»Nur einem.«

»Das Tatwerkzeug schwer und rund, sagen Sie?«

»Ja, ich würde auf ein Stück Rohr tippen, gefüllt mit Blei oder Steinen. Der Täter muß überdies ungewöhnlich stark sein.«

Der Tote war untersetzt, etwa 1,70 m groß, hatte eine breite Stirnglatze, aschgraues, ungepflegt in Büscheln seitwärts strebendes Haar. Eine Kopfbedeckung fehlte. Brückner machte Dr. Vollmer darauf aufmerksam.

»Im Augenblick der Tat trug er weder Mütze noch Hut«, erklärte der Arzt bestimmt. »Sie hätten allerdings die Wucht des Hiebs nicht wesentlich mildern oder gar abfangen können.«

Lorenz, der mit den Fotoaufnahmen fertig war, hatte sich bereits nahebei im Gebüsch umgesehen. »Hier ist auch nichts von einer Kopfbedeckung zu sehen.«

»Und doch«, wandte Becker ein, »trug der Mann für gewöhnlich eine schirmlose Mütze. Man kann noch jetzt deutlich die Grenzlinie zwischen der hellen Stirnpartie und dem sonnengedunkelten Gesicht erkennen.«

»Also«, folgerte Brückner, »ein Mann, der sich viel im Freien aufhielt.«

»Er scheint Gärtner oder dergleichen gewesen zu sein«, sagte Becker, der behutsam die Taschen leerte und die Funde in Zellophanbeutel steckte. Er hob ein ungewöhnlich dickes, sogenanntes Universalmesser auf. »Diese Klinge dient zum Okulieren.«

Außer dem Messer trug der Tote noch ein Schlüsselbund, ein Bandmaß, einen Stummel Kreide und zwei unsaubere, stark zerknitterte Taschentücher mit sich. Das derbe, angeschmutzte Baumwollhemd wies unter den Armen und auf den Schulterblättern große, eingetrocknete Schweißstellen auf. Eine erdfleckige Sackleinenschürze deutete ebenfalls auf den Beruf eines Gärtners; als Becker sie anhob, sah man die Knie der Arbeitshose mit Lederlappen verstärkt.

Der Friedhofswärter und zwei Erdarbeiter, vermutlich Totengräber, die inzwischen herangekommen waren, mußten ihre Neugier unterdrücken; Brückner erlaubte ihnen nicht, sich zu nähern, sie mußten im Gegenteil den Weg und einen Seitenpfad gesperrt halten. Der Friedhofswärter hatte bereits am Telefon den Namen des Erschlagenen genannt, aber gleich hinzugefügt, daß er nichts von ihm wisse.

Lorenz, der auf einen Wink Brückners inzwischen die Friedhofsgärtnerei neben dem Eingangstor aufgesucht hatte, kam mit einem strohblonden, derb aussehenden jungen Mädchen zurück. »Fräulein Ute hatte gerade den Laden aufgeschlossen. Ihr Chef und seine Frau kommen gewöhnlich erst um acht, halb neun.«

Sie nickte und starrte ohne merkbare Gefühlserregung auf den Toten.

»Kennen Sie diesen Mann?«

»Klar kenn ich den.« Sie nickte. »Das ist der Kollege Martin ... Martin Fossel.« Sie sah die vier Männer nacheinander an. Offenbar war ihr erst jetzt der Gedanke gekommen, daß sie von der Volkspolizei waren. »Haben sie den totgeschlagen?« fragte sie gleichgültig.

»Wir nehmen es an«, antwortete Dr. Vollmer ironisch. Ihm schien das Verhalten dieser strammen Blondine unangemessen sachlich, um nicht zu sagen stur.

»Ich muß ins Geschäft zurück«, sagte sie. »Ich hab nicht abgeschlossen. Brauchen Sie mich hier noch? »

»Mein Kollege Lorenz wird mit Ihnen gehen, um Sie einiges zu fragen«, ordnete Brückner an.

»Bitte schön.« Sie stapfte los, ohne Lorenz zu beachten.

Dr. Vollmer, Brückner und Becker sahen sich an. »Merkwürdig«, meinte der Arzt achselzuckend, während er sein Thermometer einpackte. Er rieb sich fröstelnd die Hände. Offenbar assoziierte er unterbewußt, als er sagte: »So was von Kälte.« Er lächelte leicht. »Gefühlskälte, meine ich; sie ist mir, obwohl ich auf diesem Gebiet doch schon einiges erlebt habe, bei einem so jungen Menschen noch nicht begegnet.«

»Sollte es vielleicht Selbstbeherrschung gewesen sein?« rätselte Becker, der sonst psychologisierende Betrachtungen gar nicht schätzte.

»Oder Krampf«, meinte Brückner.

Die Träger kamen, um den Toten fortzuschaffen. Dr. Vollmer verabschiedete sich und ging mit ihnen zu dem unterdessen eingetroffenen, etwas entfernt parkenden Sanitätswagen.

Inzwischen befragte Lorenz das Mädchen Ute. Das Blumengeschäft, Inhaber Alfons Decker, war noch kundenleer.

Sie rückte Topfpflanzen verkaufsgerecht, besprühte sie, füllte Vasen mit Schnittblumen, stapelte Kränze und hängte beerengeschmückte Tannenkreuze werbend in Sichtweite, griffsicher, geschickt, ohne Hast. »Sie können ruhig fragen«, sagte sie über die Schulter hinweg. »Das stört mich nicht. Was wollen Sie wissen?«

Lorenz, sonst besonders gewandt im Umgang mit weiblichen Zeugen jeglichen Alters und verschiedenster Eigenart, fühlte sich hier, was selten vorkam, unsicher. Ute »sprang nicht auf ihn an«, wie er es gewohnt war; im Gegenteil, er war nicht einmal gewiß, ob sie sich ihn überhaupt genauer angesehen hatte.

Er notierte die Personalangaben: Ute Kappler, zweiundzwanzig Jahre alt (obwohl sie schätzungsweise wie 26 aussah), geboren in Berlin, unverheiratet. Ihren Ausweis konnte sie ihm nicht zeigen. »Der liegt zu Haus im Wäschefach.« Sie sprach, ohne sich ihm zuzuwenden, während sie weiter geschäftig hin und her lief oder anders tätig war. Ihre Antworten klangen keineswegs schnoddrig, auch nicht mißachtend, nur aufreizend gleichgültig, es klang wie das noch immer zu hörende Verkäuferinnenwort: »Hamwa nich.«

Lorenz überlegte kurz, ob er sie grob anfahren solle, ließ es aber, als sie ihm unbefangen einige Bambusstäbe in die Hand drückte – »Da, halten

Se mal« – und dann eine Frage ausführlich beantwortete: »Meine beiden Schwestern sind verheiratet, hier in Berlin, und mein Bruder arbeitet als Schweißer in Rostock auf der Werft. Er ist noch ledig. Die Wohnung in Berlin hat er sozusagen geerbt, anderthalb Zimmer und Küche. Er hat sie mir überlassen, bis er sie braucht.« Endlich ein paar Sätze mehr als zuvor, und dabei hatte sie Lorenz sogar einigermaßen freundlich angeblickt.

»Sie leben also allein?« fragte er.

Sie verzog ein bißchen das derbe, doch nicht unschöne Gesicht. »Zur Zeit ja«, antwortete sie, und wieder ganz unbefangen: »Mein Freund is abgehauen.« Da sie dann aber erkannte, wie verwundert der junge Kriminalist über diese unerwartete Offenheit war, ergänzte sie nebenhin: »Schon vor drei Monaten. Er hat 'ne Witwe mit 'nem Blumengeschäft in Karlshorst geheiratet.«

»Ich verstehe«, behauptete Lorenz, der das alles gar nicht so genau wissen wollte. »Ich verstehe, Fräulein Ute, aber ich möchte nach anderen Dingen fragen, weniger nach Ihren ... privaten Angelegenheiten. Aber können wir uns dazu nicht setzen?«

»Warum nicht. Ich bin fertig, der Chef oder Kunden können kommen. Bitte.«

In der Ecke stand ein runder Bambustisch voller Schalen mit Kakteenarrangements; daneben zwei ausgediente Korbsessel, deren einer, in den sich Lorenz unbedachtsam fallen ließ, altersschwach ächzte und schwankte.

»Kundendienst«, erklärte sie, und Lorenz stellte überrascht fest, daß sie so etwas wie Humor hatte. »Momang«, sagte sie, stellte einen Aschbecher auf den Tisch und bot Lorenz eine Zigarette an.

»Sie rauchen doch?« Und ehe er antworten oder ihr Feuer anbieten konnte, hatte sie sich ihre schon selbst angezündet. »So. Nun schießen Se mal los. Was wollen Se noch groß wissen?« Sie inhalierte tief, offensichtlich mit Genuß.

»Der von Ihnen identifizierte Martin Fossel war Gärtner? »

»Ja. Richtiger Facharbeiter. Hier im Geschäft angestellt.«

»Wissen Sie zufällig, wo er wohnte?«

»Nee. Wir hatten so gut wie gar keinen Kontakt. Privat sprach ich überhaupt nicht mit ihm. Er war ein Schwein. Ich hab ihm mal eine gescheuert; sechs, sieben Monate ist das jetzt her.«

»Darf ich fragen ...?«

»Da gibt's wenig zu fragen. Ist ja immer dasselbe mit den Kerlen. Ich meine solche Böcke wie den Fossel. Wenn die bei uns mal 'n bißchen Arsch oder Brust oder nackte Beine zu sehn kriegen, werden se frech. Und auf so 'nem Friedhof gibt's allerlei Ecken, und oft ist auch weit und breit kein Besucher. Da hat das Schwein mich doch auf 'n Haufen welke Kränze geworfen und wollte mich ... na ja. Aber es is ihm schlecht bekommen. Trotzdem er Kraft hatte wie 'n Bulle. Aber das hier is« – sie sah Lorenz stolz an und spannte die Muskeln ihres Oberarms – »auch nich von Pappe.«

Sie drückte ihren Zigarettenrest aus, denn ihr Chef kam mit seiner Frau, einem unansehnlichen Geschöpf unbestimmbaren Alters. Sie ging, kaum daß sie gegrüßt hatte, sofort an die Registrierkasse, die sie aus ihrer Handtasche mit Wechselgeld versah. Dann begann sie, etwas in ein Wachstuchheft zu kritzeln. Dabei murmelte sie Unverständliches vor sich hin. Was Fräulein Ute ihrem Mann sofort von dem tot aufgefundenen Gehilfen Martin Fossel berichtete, nahm sie wortlos zur Kenntnis. Das geschah übrigens auch nur mit wenigen trockenen Sätzen und ebenso unbeteiligt, wie man in diesem Geschäft über jene anderen Toten zu sprechen pflegte, die tagtäglich an der Tür vorbei zu ihren letzten Ruhestätten gebracht wurden und lediglich Anlaß zu größerem oder kleinerem oder gar keinem Warenverkauf waren.

Dann erst fiel es Ute ein, ihrem Chef Leutnant Lorenz vorzustellen.

Der hatte gut zugehört und, ohne zu unterbrechen, aufmerksam beobachtet. Denn erfahrungsgemäß bemerkt man manchmal im Anfangsstadium einer Ermittlung irgendwelche Kleinigkeiten, unwillkürliche Reaktionen, unbedeutende Nuancen im Tonfall und dergleichen, wovon bei späteren, noch mehr bei wiederholten Befragungen und Verhören nichts mehr vorhanden ist. Deshalb, das hatte Lorenz gelernt, ist die erste spontane Aussage – falls es sich nicht um einen auf alles vorbereiteten Verbrecher handelt – so wertvoll. Jedenfalls kann sie es sein.

Dieses kühle Mädchen Ute, dessen dralle Körperlichkeit alles andere vermuten ließ als wohltemperierte Gelassenheit, konnte durchaus in den Fall verstrickt sein. Die negative Charakterschilderung, die sie – bestimmt vorbeugend – von dem Toten gegeben hatte, rückte sie, obwohl sie gerade das vermeiden wollte, in den Kreis derer, die beim Ermitteln weitere Aufmerksamkeit verdienten. Daß sie ihr Alter um ein paar Jahre jünger angegeben hatte, war wohl aus Eitelkeit geschehen. Obwohl sie eigentlich nicht der Typ war.

Ihr Chef, ein Mann mit schulterlangen grauhaarigen Zotteln, seehundbärtig, mit gutmütigem, etwas dümmlichem Ausdruck, begrüßte Lorenz mit jenem unangenehm vertraulichen Gehabe, mit dem kleinbürgerliche Geschäftsleute bei unerwartetem Besuch der Polizei gewöhnlich Mißtrauen, Ängstlichkeit oder schlechtes Gewissen zu überspielen trachten.

»Ich bin nicht gekommen, Herr Decker«, erklärte Lorenz, »um hier etwas zu suchen oder zu kontrollieren; das dürfte ich ohne Befehl gar nicht, sondern, im Gegenteil, Sie um Hilfe bei der Aufklärung zu bitten.«

»Aber gewiß, gern, sehr gern, Herr ...«

»Lorenz.«

»Bloß weiß ich rein gar nichts, rein gar nichts. Ich habe ja eben erst von Fräulein Ute das Schreckliche erfahren.«

»Ich möchte Sie auch nur befragen, Herr Decker, keineswegs als Zeuge vernehmen.«

»Aha, so, ja.« Er führte Lorenz in einen engen Hinterraum voller Tannengezweig, Kranzunterlagen, Drahtrollen, gebündelten künstlichen Blumen und Beeren. Mitten in alldem zwei runde Holzschemel, aber kein Tisch. »Die Binderei«, erklärte er nebenhin, »nicht sehr bequem, aber hier können wir offen sprechen.«

Lorenz wunderte sich; der Mann, von dem er bestenfalls einige unbedeutende Auskünfte über den Toten erwartete, tat geheimnisvoll.

»Martin Fossel war bei Ihnen angestellt? Seit wann?«

»Seit einem Jahr. Genauer: seit elfeinhalb Monaten.«

»Gelernter Gärtner?«

»Ja. Fachlich ausgezeichnet. Trank nicht. War zuverlässig und pünktlich.«

»Also keine negativen Eigenschaften?«

»Gott, wie man's nimmt. Er konnte grob werden, wenn ihm etwas nicht paßte, sehr grob. Leider auch manchmal gegen Kunden.«

»Wieso das?«

»Wenn sie seine Arbeit tadelten. Er hatte doch die Gräber instand zu halten und zu bepflanzen, je nach Preislage einfach oder mehr dekorativ. Wenn Kunden dann unzufrieden waren und mehr für ihr Geld verlangten, als drin war, ärgerte er sich. Verstehen Sie? Zum Beispiel Treibhausblumen oder auch Buchs oder Thuja. Ja, da konnte er sehr grob werden, sehr grob.«

»Und wie verhielt er sich Ihnen gegenüber? Ihrer Frau und Fräulein Kappler?«

»Er war sehr schweigsam. Ich möchte sagen, uns gegenüber höflich. Mit Ute sprach er überhaupt nicht. Zwischen den beiden muß es gleich anfangs einen Krach gegeben haben. Aber darüber weiß ich nichts Näheres, nein, nichts Näheres.«

»Was für ein Mensch ist Fräulein Kappler?«

»Sehr geradeaus. Fleißig wie 'ne Biene. Fachlich ganz gut. Sie ist uns dankbar, meiner Frau und mir. Wir haben sie voriges Jahr eingestellt, als sie aus dem Werkhof kam. Dort hat sie das Gärtnern gelernt. Sie hatte dann noch zwei Jahre Bewährung abzumachen. Wir sind mit ihr sehr zufrieden, sehr.«

Lorenz verbarg seine Überraschung und fragte: »Weswegen ist sie verurteilt worden?«

»Rowdytum, Widerstand gegen die Staatsgewalt, Körperverletzung. Sie hat einen Volkspolizisten bewußtlos geschlagen. Aber, wie gesagt, Herr Lorenz, sie ist trotzdem ein herzensguter Mensch, nur sehr jähzornig, wenn man ihr dumm kommt; ja, herzensgut ist sie.«

»Hat sie einen Freund oder Freunde?«

»Sie meinen Männer?«

»Ja.«

»Ich glaube nicht. Eher das Gegenteil. Ich habe mehrmals beobachtet, meine Frau übrigens auch, daß Ute, wenn ein Mann nett mit ihr sein will, a tempo kratzbürstig wird.«

»Wie sah es damit bei Fossel aus?«

»Er? Ein Schürzenjäger. Merkwürdig. Trotz seines Alters, er war immerhin siebenundvierzig. Man soll ja einem Toten nichts Böses nachsagen, nichts Böses, aber Martin trieb es manchmal schlimm, ja, schlimm. Ich kann Ihnen allerdings auch darüber nichts Genaueres sagen, nur, daß er da einen schlechten Ruf hatte.«

»Bei wem?«

»In der Nachbarschaft. Meine Frau und ich kennen nur Gerüchte, aber Herr Tremorius, der Steinmetzmeister von gegenüber, der kann Ihnen vielleicht mehr erzählen.«

»Ja, danke. Eine letzte Frage: Wissen Sie etwas über die Herkunft oder das Vorleben des Toten?«

»Doch, ja. Martin Fossel hat an die zehn Jahre in der PGH Gartenbau, Johannisthal, gearbeitet, bis er verhaftet wurde. Wegen Diebstahl. Er hatte wertvolle Sämereien und Zwiebeln verschoben. Aber da in der PGH die Aufsicht und Kontrolle schlecht waren, hieß es ›mildernde Umstände‹, und er hat nur ein Jahr mit Bewährung bekommen.«

Lorenz verbarg sein wachsendes Erstaunen. Es

gelang ihm, ohne besondere Betonung zu fragen: »Es stört Sie also nicht, mit Vorbestraften zu arbeiten?«

Alfons Decker schüttelte den Kopf und sagte schlicht: »Nein. Man muß doch einem gestrauchelten Mitmenschen helfen, wieder auf die rechte Bahn zu kommen, die rechte Bahn ... Außerdem, das wissen Sie ja, sind Arbeitskräfte heute rar.«

Lorenz bedankte sich und ging. Als er den Ladenraum durchquerte, bediente Ute Kappler gerade eine Kundin in Trauerkleidung. Er winkte Frau Decker und ihr zu; sie winkte kurz zurück und – das war bestimmt bei ihr ungewöhnlich – lächelte freundlich.

Inzwischen waren technische Mitarbeiter der Abteilung K eingetroffen. Sie untersuchten fachlich, was Oberleutnant Becker zwar bereits entdeckt hatte, aber, da er stets alle bloßen Vermutungen und Kombinationen als »Spintisieren« ablehnte, nicht deuten wollte.

Da war zunächst die kaum erkennbare, hier und dort auf dem Weg hervortretende Spur einer gummibereiften Schiebkarre, die ein paar Meter weiter zwischen zwei vernachlässigte Grabhügel geschoben und dort umgekippt worden war.

Brückner ließ sie sicherstellen, um sie im KI nach Fingerabdrücken und eventuellen anderen Spuren untersuchen zu lassen. An Ort und Stelle wäre das an dem schmutzigen, stellenweise stark angerosteten Fahrzeug nur sehr grob und flüchtig möglich gewesen.

Nach längerem gewissenhaftem Prüfen der Fahrspur, die für Laien auf dem geschotterten

Weg nur an einzelnen Stellen erkennbar war, stellten die beiden erfahrenen Trassologen fest, daß die Reifenabdrücke der Schiebkarre, was logisch war, bis zum Fundort der Leiche etwas tiefer waren als hinterher. Sie schimpften, denn ein Abdruck an der Stelle, wo das Fahrzeug umgekippt worden war, um es zu entladen, war leider zertrampelt worden, ohne daß in dem hohen Gras eine deutliche Fußspur hinterlassen worden wäre. Das weitere Verfolgen der Fahrspur führte selbstverständlich nur bis zu der leeren, im hohen Unkraut liegenden Karre. Aussagekräftig blieb also nur der Weg, auf dem sie beladen gefahren worden war. Das war leider nur sehr schwer, stellenweise, wo der Boden hart war, kaum noch ablesbar. Doch das intensive Suchen der geschulten Fachleute brachte nach etwa hundert Metern ein unerwartetes Ergebnis: das Tatwerkzeug. Es war eine Brechstange, etwas über ein Meter lang. Sie war mit ihrem abgeflachten, leicht abgewinkelten Ende in den Boden gestoßen worden und stand deutlich sichtbar, also gar nicht versteckt, zwischen drei verdorrten Stockrosen auf einem mit Bruchsteinen umgrenzten Grab.

Nun erzählte auch die Erde den Spezialisten wieder ein Kapitel des kriminellen Vorgangs. Der Boden war mit verwildertem, vorjährigem Gras, Resten vergilbter Erika und herangekrochenen Efeuranken überwuchert. Sie waren zum Teil abgerissen, ein Erikabüschel von einem anscheinend schmalen Schuh zerknickt, und das Gras, niedergetreten, hatte sich noch nicht wieder aufgerichtet. Leider war auch hier nicht mit identifizierbaren Fußabdrücken zu rechnen, und mit dem einen unvollkommenen war nichts anzufangen.

An dieser Stelle hatte unverkennbar der Kampf stattgefunden, bei dem der Gärtner Martin Fossel mit der Brechstange niedergeschlagen und dann in der Karre weggefahren worden war. Das Tatwerkzeug, beim Heben des Erschlagenen in die Karre hinderlich, war achtlos nebenan in den Boden gestoßen und vergessen worden. Ein paar Blutspritzer, die Becker sicherte, versprachen kaum etwas Auswertbares; sie konnten nur von dem Toten stammen.

Bevor die Kriminalisten nach möglichen weiteren Spuren forschten, wobei lediglich die Mütze des Erschlagenen gefunden wurde, fotografierte Lorenz den vermutlichen Tatort von allen Seiten. Dieser wurde hinten begrenzt von einem verhältnismäßig hohen Rohsteinsockel, auf dem eine schmucklose Marmortafel besagte, wer hier begraben lag: Winfried Curtis, Kaufmann, geboren 1885, gestorben 1959. »Also im Alter von vierundsiebzig Jahren«, sagte Becker. Kein Bibelzitat, kein rührseliger Vers.

Zu beiden Seiten des Sockels standen, ihn flankierend und überragend, zwei verhältnismäßig hohe, pyramidenförmig geschnittene Lebensbäume. Diese Grabstätte machte, im Gegensatz zu den benachbarten, den Eindruck eines nur sporadischen und nachlässigen Gepflegtwerdens.

Brückner zuckte die Achseln. »Soll's sein, wie es will«, sagte er ärgerlich. »Gepflegt oder nicht, mit dem Totschlag hat's wohl kaum was zu tun. Mir ist es allerdings auch aufgefallen.«

Becker nickte, und sie sahen sich weiter um.

Es war nichts mehr zu finden. Auch nicht – wohin keinerlei Spur führte – unmittelbar hinter der Grabstätte. Dort verlief in etwa anderthalb Meter

Abstand die Umfassungsmauer des Friedhofs, schätzungsweise fünfzig Meter lang und scheinbar grundlos, wenn dort nicht gelegentlich einer Straßenbegradigung unterirdische Rohrleitungen und Kabelstränge liegengeblieben waren, denn überall sonst lehnten die Grabstätten mit ihrer Rückseite unmittelbar an der Mauer. In dem schmalen Zwischenraum lagerte, mit einem Blick übersehbar, zwischen wild ineinander verwachsenem Holundergeäst und zäh emporgewucherten Farnwedeln allerlei Unrat: eine zerbeulte Gießkanne, verknautschte Papiertüten und Plastikbeutel, ein lumpiger Kleidungsfetzen und mehrere verrottete Konservenbüchsen. Zum Teil war das Zeug bestimmt von der Straße her über die nicht sehr hohe Mauer geworfen worden. Es stank modrig.

Die Kriminalisten konnten sich später nicht verzeihen, daß sie hier unachtsam waren und sich mit dem – allerdings sehr überzeugenden – Eindruck des Unberührtseins begnügten. Sie überlegten vielmehr, ob der Erschlagene vor oder auf dem Grab mit dem Täter – nichts hatte bisher darauf hingedeutet, daß es mehrere gab – in Streit geraten und getötet worden war oder ob nicht ein geplanter Mord vorlag. Denn wozu hätte der Täter die Brechstange mitgebracht? Oder sollte er sie unmittelbar vor der Tat dem Opfer entrissen haben?

Übrigens hatte Dr. Vollmer recht: Um mit diesem schweren und wegen seiner Länge als Schlagwerkzeug unhandlichen Brecheisen einen kurzen gezielten Hieb zu führen, mußte der Täter ungewöhnlich kräftig sein. Auf seine wahrscheinliche Körpergröße ließen sich vorerst nur sehr unverbindliche Schlüsse ziehen. Der Tote maß, wie gesagt, etwa 1,70 m. Wenn er im Augenblick der Tat nicht sehr gebückt gestanden hatte, mußte, da sein Kopf unverkennbar von oben getroffen worden war, der Zuschlagende immerhin ein ziemliches Stück größer sein als er. Das war jedoch, wie der exakte Heinrich Becker sogleich betonte, lediglich eine Arbeitshypothese.

Doch es gab noch mehr im Augenblick unlösbare Fragen. Wer hatte die Schiebkarre mitgebracht: Martin Fossel oder der Täter? Von woher? Oder hatte sie der Täter erst nach dem Totschlag herangeholt, um sein Opfer fortzuschaffen? Aber warum sollte er das tun? Er setzte sich damit doch nur der – wenn auch geringen – Gefahr aus, zufällig gesehen zu werden. Es gab eigentlich keinen erdenklichen Grund, den Erschlagenen nicht einfach liegenzulassen und sich aus dem Staub zu machen ...

Fragen über Fragen.

Lorenz berichtete Becker und Brückner in seiner lebhaften, ausdruckvollen Art über seine Ermittlungen in der Friedhofsgärtnerei. Das war für die beiden zwar anregend, da und dort sogar verdachtauslösend, brauchte jedoch nicht das geringste mit dem Tod des Gärtners Martin Fossel zu tun haben.

Lorenz hatte anschließend noch kurz die wenige Schritte von der Gärtnerei entfernte, schräg gegenüberliegende Steinmetzwerkstatt aufgesucht.

Dort war nur ein alter Arbeiter anwesend, der nichts wußte. Den Martin Fossel kannte er nicht einmal dem Namen nach. Vielleicht aber, meinte er, könne sein Chef, Herr Dieter Tremorius, bessere Auskünfte geben; der käme jedoch erst gegen Mittag; das Bearbeiten bestellter Grabsteine überlasse er, wenn das Geschäft nicht allzusehr dränge, ganz ihm, der Meister selbst mache nur, wie sich der Mann ausdrückte, »Kunst«.

»So sah er dann, als ich ihn nachmittags kennenlernte, gar nicht aus«, erzählte Brückner, »ich meine nach Kunst.« Er schilderte ihn so: »Etwa vierzigjährig, über zwei Meter groß, aufgeschwemmt, aber mit mächtigen Pranken, in denen sich Scharriereisen und Klöpfel bestimmt wie Kinderspielzeug ausnehmen. Tremorius scheint mir trotz eines gewissen Ausdrucks von aufgesetztem Intellektualismus der Prototyp des geschäftigen Dummkopfs zu sein. Das allerdings mit Vorbehalt«, schränkte Brückner sogleich ein. »Er ist mit Vorsicht zu genießen.«

Die Auskünfte des Steinmetzmeisters waren zunächst wertlos. Er kannte Martin Fossel. Beim Aufstellen von Grabsteinen hatten sie sogar gelegentlich zusammengearbeitet, und Fossel war, wie Tremorius sich ausdrückte, »ein geschmackvoller Landschaftsgärtner, jedoch sehr wortkarg, manchmal eigensinnig«. Er, Tremorius, habe Fossel stets für einen ordentlichen und gutmütigen Menschen gehalten.

Wie er, als Nachbar, denn zu dem Chef Fossels, zu Herrn Alfons Decker, stehe, fragte Brückner, und was er von ihm halte.

Tremorius überlegte kurz, dann sagte er zögernd: »Gut«, und nach einem abermaligen kleinen Stocken begründete er: »Wir sind ja geschäftlich keine Konkurrenten, eher im Gegenteil ...«

»Aber?« drängte Brückner, der deutlich einen stillen Vorbehalt spürte.

»Kein Aber«, sagte der Steinmetzmeister schnell und lachte jovial. Dann gab er doch zu: »Decker ist mir irgendwie zu geschäftstüchtig. Doch das geht mich kaum etwas an ...«

»Und«, nahm ihm Brückner das Wort ab, »dieses Irgendwie hat auch wohl kaum etwas mit dem Totschlag an seinem Gehilfen zu tun, nicht wahr?«

Meister Tremorius stimmte lebhaft nickend zu.

»Was für ein Mensch ist diese Ute Kappler?« fragte Brückner gemacht unbeteiligt.

Sofort antwortete Tremorius: »Ein freches, ganz vulgäres Weibsstück!« Und dann, zusammenhanglos: »Mit Fossel hatte sie ein Verhältnis.«

»Nanu?« Brückner hob überrascht den Kopf. »Sind Sie sich dessen sicher?«

»Die Kerze habe ich ihnen dabei nicht gehalten, aber ich hab sie mal, das muß so Mitte Juni gewesen sein, beim Dunkelwerden eng umschlungen hinter der Hecke oben am Rondell verschwinden sehen. Aber schließlich«, er zuckte die Achseln, »was ging's mich an?«

Dies alles berichtete Brückner seinen beiden Mitarbeitern möglichst wortgetreu. Dann fuhr er fast ohne Überleitung fort: »Ich fragte Tremorius anschließend, eigentlich ohne besondere Absicht, nach seiner beruflichen Tätigkeit; die sei doch gewiß sehr interessant. ›Na ja‹, antwortete er, ›wie man's nimmt. Bei uns in der DDR ist in unserer Branche, das heißt, wenn es um Kunst geht, meine ich, nicht viel los.‹ Lasch zeigte er über einige Reihen verschiedenformatiger Grabsteine aus grauem, rötlichem und schwarzem Material, natürlichem und künstlichem, deren geglättete, zum Teil polierte Vorderseiten darauf harrten, mit gewünschten Inschriften versehen zu werden. Weiter hinten lagerten vor einem Schuppen rohe Quader; und auf einem Regal standen, zum Aussuchen angeboten, allerlei weißliche und sandsteinfarbene Figuren und Figürchen: weinende Frauen stehend und knieend, puttige Engel knieend und fliegend, teils kurz, teils schamhaft lang gewandet. Sodann noch auffallend: ein hoch aufragender, stabbewehrter Mann mit Schlapphut und steiffaltigem Mantel, wohl ein sogenannter guter Hirte. ›Das alles wird gern gekauft‹, erklärte mir Herr Tremorius, ›also führe ich es. Mit Kunst darf man der großen Masse nicht kommen. Glauben Sie mir, verehrter Herr Kommissar, ich kenne meine Kundschaft: sie will Kitsch.‹«

Brückner wunderte sich, wie überheblich und unbedenklich der Hüne sprach, den er anfangs für geistlos gehalten hatte. Allerdings hatte sich der Ausdruck des pfiffig Geschäftigen beim Sprechen verstärkt.

»Sehen Sie dort hinten den betenden Engel?« Tremorius wies auf eine etwas über ein Meter hohe Plastik aus weißem Marmor, die Brückner bisher übersehen hatte, und fuhr erklärend fort: »Die ist sehr schwer verkäuflich, denn sie ist Kunst. Ich habe sie persönlich kopiert nach einer Arbeit des achtzehnhundertdreiundachtzig verstorbenen Bildhauers und Hofmalers Carl Wilhelm Teschner. Vielleicht sagt Ihnen ja der Name etwas?«

»Leider nicht, Herr Tremorius.«

»Aber Sie sehen gewiß, daß es sich, wenn's auch nur eine Kopie ist, bei dem Original um ein bedeutendes Kunstwerk handelt? Das Original stand ehedem in Potsdam auf dem Mausoleum der Familie des Generals von Schönfelder. Neunzehnhundertfünfundvierzig fand sie Winfried Curtis, damals ein bekannter Kunsthändler, unter den Trümmern der zerbombten Hauskapelle, erwarb sie und brachte sie nach Berlin. Übrigens können Sie sie heute noch auf seiner Grabstätte bewundern.«

Brückner hatte sehr aufmerksam zugehört. »Wie, sagten Sie, hieß der Kunsthändler?«

»Winfried Curtis.«

Hauptmann Brückner verbarg seine plötzliche Erregung. »Wissen Sie zufällig«, fragte er wie beiläufig, »wo seine Witwe wohnt?«

»Irgendwo in Berlin-Köpenick, glaube ich. Wenn sie noch lebt. Straße und Hausnummer habe ich vergessen.«

An dem Händedruck, mit dem er verabschiedet wurde, spürte Brückner abermals die trotz aller sichtlichen Verweichlichung ungewöhnliche Kraft des Steinmetzen.

Winfried Curtis? Hatte auf dessen Grabstätte – also am Tatort – ein betender Engel gekniet? Brückner erinnerte sich nicht. Konnte er die wirklich schöne Skulptur übersehen haben? Das war doch unwahrscheinlich, nein, das war unmöglich.

Peter Brückner hatte es plötzlich sehr eilig, wieder auf den Friedhof, an den Tatort zu gelangen.

Den Besuch bei dem Steinmetzmeister Tremorius hatte er eigentlich nur gemacht, um die Zeit nicht ungenutzt verstreichen zu lassen, während Lorenz und Becker, von ihm beauftragt, einige wesentliche Dinge ermittelten.

Becker suchte, was übrigens seiner Neigung entgegenkam, mehrere Dienststellen und Behörden auf, wo er allerlei Dokumente durchstöberte und sich sorgsam Notizen machte.

Lorenz, der unschwer feststellte, daß die Schiebkarre der Friedhofsgärtnerei Alfons Decker gehörte, erfuhr zugleich, daß sie fast immer, wo sie gerade gebraucht worden war, in irgendeinem Winkel herumstand oder umgekippt dalag und jeder Beliebige sie benutzen konnte. Das Gutachten des KI, das Lorenz, um Zeit zu gewinnen, selbst abholte, bestätigte, was Brückner, daktyloskopisch nicht unerfahren, bereits vermutet hatte: keine brauchbaren Abdrücke. Erkennbare Wischspuren auf der Brechstange und auf den beiden geriffelten Kautschukhüllen der Karrengriffe, erklärte der sachverständige Kollege, brauchten keineswegs auf bewußte Vorsorge des Täters hinzudeuten; gerade im Friedhofsmilieu gebe es bekanntlich mehrere Berufsgruppen, die durchweg oder zeitweise in groben Handschuhen oder handschuhähnlichen Lederlappen arbeiteten: Steinmetze beim Transport und Aufstellen von Monumenten; Gärtner beim Binden stachliger Kränze oder Stutzen dorniger Sträucher; Erdarbeiter, also auch Totengräber, beim Hacken und Graben in steinigem Boden. In einem Riß am Karrenrand klemmte noch eine Faser groben Sackleinens, und an anderer Stelle waren einige Kopfhaare sowie winzige Hautpartikel entdeckt und untersucht worden. Die Textilfaser stammte von der Schürze des toten Gärtners, die Haare und Hautteilchen ebenso von ihm; sie mochten beim Aufladen des Körpers oder beim Umkippen der Karre ausgerissen oder abgeschürft worden sein.

Auch der Friedhofswärter war von Lorenz noch einmal ausführlich befragt worden. Aber alles, was der wußte, blieb so dürftig wie anfangs. Er hatte Fossel nur öfter arbeiten sehen und gelegentlich versucht, mit ihm in ein Gespräch zu kommen; der Gärtner war jedoch wortkarg bis zur Ablehnung geblieben.

»Wie stand er denn zu seiner Kollegin, dem Mädchen Ute?« hatte Lorenz beiläufig gefragt.

Der geistig ohnehin nicht sehr regsame Mann schüttelte den Kopf. »Weiß ich nicht«, antwortete er, fügte dann aber unvermittelt hinzu: »Im Juni, Juli schien es, als wären die beiden sehr ... nun, sehr befreundet.«

»Intim?«

»Nee, das wohl grade nicht«, sagte er ungewiß, dann zweifelnd: »Bei dem Altersunterschied ...?«

Hauptmann Brückner konnte sich und seinen Mitarbeitern nicht den Vorwurf ersparen, die Tatortuntersuchung oberflächlich vorgenommen zu haben.

Gewiß, das Grabmal des Kunsthändlers Curtis war, äußerlich betrachtet, ganz in Ordnung. Da war nichts auffallend. Die Ranken der Kletterrosen rechts und links der Marmorplatte mit den Daten und dem faksimilierten Namenszug des Toten waren unverletzt, ebenso wie die Zweige der Thujabäume rechts und links. Nur die Bodenbepflanzung des niedrigen Grabhügels war, wie schon die erste Untersuchung gezeigt hatte, etwas zertrampelt.

Doch jetzt, bei der neuerlichen Spurensuche, entdeckten die Kriminalisten oben auf dem Natursteinsockel über der Schriftplatte etwas, das kaum jemand vermutet hätte, weil dort zwei Nelkenbüschel zusammentrafen und optisch einen organischen Abschluß bildeten. Von unten gesehen, konnte dort kaum etwas fehlen; und doch fehlte etwas: die Skulptur des betenden Engels!

Eine kleine quadratische Höhlung im Stein, an deren Rand noch Reste von Blei hafteten, mit dem offensichtlich ein dicker, als sogenannter Anker dienender Eisenstumpen umgossen gewesen war, ließ die Bedeutung des schon vorher gefundenen Brecheisens plötzlich klar werden: mit ihm war, wie deutliche Kratz- und Druckspuren erwiesen, die Statue aus ihrer Befestigung gehoben worden.

Peter Brückner mußte unwillkürlich an das denken, was Dr. Vollmer schon bei der Untersuchung der Kopfwunde des Opfers gesagt hatte: Die Muskelkraft des Täters war außergewöhnlich.

Sehr verärgert über ihr erstes Versagen – so nannte es Hauptmann Brückner ohne Beschönigung, und seine beiden Mitarbeiter stimmten ihm selbstkritisch zu –, wiederholten sie nunmehr die Tatortuntersuchung besonders exakt. Dabei entdeckte Lorenz, der oben auf dem Sockel die Abschürfungen, Kratz- und Hebespuren fotografierte und zufällig nach unten blickte, etwas Aufregendes: Hinten, unmittelbar am Sockel, waren einige Unkrautstauden zerknickt, nicht stark, nicht auffällig, aber in dem wild verwucherten und verdreckten Streifen zwischen Grab und Friedhofsmauer war es von oben deutlich zu sehen. Das rief er seinen Mitarbeitern zu.

Brückner hielt Oberleutnant Becker, der sogleich eifrig hinlaufen wollte, mit einer Handbewegung zurück. Offensichtlich war er jetzt ziemlich aufgeregt. Er sah sich suchend um. »Gibt's hier nicht irgendeinen Stock oder Stab oder dergleichen?« fragte er so hastig, als käme es plötzlich auf Sekunden an.

»Genügt das?« Becker riß einen der Stäbe heraus, mit denen die vertrockneten Stockrosen auf dem ungepflegten Nachbargrab gestützt wurden.

»Ja.« Und Brückner trat vorsichtig, um möglichst wenig Fußspuren zu hinterlassen, seitlich neben den Sockel. Den Unkrautstreifen dahinter betrat er nicht.

Er schob nur, abermals sehr vorsichtig, mit dem Stock einige der von Lorenz bemerkten zerknickten Unkrautzweige nah dem Sockel beiseite. Und – dort lag die von Dieter Tremorius in Stein kopierte Statue des betenden Engels! Geschickter hätte sie der Täter kaum verstecken können.

»Halt, Genossen«, wandte Becker ein. »Woher wissen wir, daß der Mann, der die Statue vom Sockel stürzte, der Täter war, das heißt der Mann, welcher Martin Fossel erschlug? Warum hat er sie liegenlassen, statt sie, wie es doch offenbar beabsichtigt war, in der Schubkarre fortzufahren?«

»Weil er aus irgendeinem dringenden Anlaß erst die Leiche des Erschlagenen wegbringen mußte«, mutmaßte Lorenz.

»Das leuchtet mir nicht ein.« Becker nörgelte. »Das ist eine gedankliche Spekulation, von keiner Tatsache gestützt.«

»Aber von der Logik«, wehrte sich Lorenz. »Hätte man den Toten hier gefunden, wäre ziemlich sicher schon den ersten Zeugen, bestimmt aber dem Friedhofswärter das Fehlen des Engels aufgefallen. Auch Fräulein Kappler zum Beispiel; sie ist Friedhofsgärtnerin, für sie hätte es in dem altgewohnten Bild plötzlich eine Lücke gegeben, und sofort oder nach kurzem Überlegen hätte sie ausgerufen: ›Da droben fehlt der betende Engel!‹ Wir hätten uns dann bestimmt anders verhalten und sehr bald die Figur im Unkraut hinter dem Sockel entdeckt.«

»Nun gut«, antwortete Brückner. »Fragen wir, wenn auch abermals nur spekulativ, nach dem Motiv der Grabschändung. Rache, Neid oder dergleichen entfallen meines Erachtens nach einem Jahrzehnt oder länger. Bleibt Gewinnsucht. Die Statue ist nach der Aussage des offenbar sachverständigen Steinmetzmeisters Tremorius wertvoll. Aber wer bei uns in der DDR würde sie kaufen?«

»Kaum jemand«, antwortete Becker.

Lorenz sagte entgegen seiner sonstigen temperamentvollen Spontaneität sehr überlegt: »Das Transitabkommen wird, wie wir wissen, oft mißbraucht. Die Statue ist, gut verpackt, unschwer in einen Kombi, notfalls sogar im Gepäckraum eines großen PKW unterzubringen. Was meinen Sie, Genosse Hauptmann?«

Peter Brückner mußte lächeln. »Deshalb habe ich Sie beide eben vorsorglich vom Betreten der Fundstelle abgehalten. Der Täter darf nicht gewarnt werden. Er beobachtet bestimmt das Versteck. Er wird die Figur sehr bald abholen wollen. Gehen wir, und lassen wir uns hier, damit er nicht stutzig wird, nicht wieder blicken. Ich werde den gefallenen Engel besonders nachts unauffällig bewachen lassen.«

Die Witwe des Kunsthändlers Winfried Curtis wohnte in Köpenick; Straße und Hausnummer festzustellen war eine Kleinigkeit gewesen. Es war ein vierstöckiges solides Miethaus vom Ende des vorigen Jahrhunderts.

Brückner suchte sie persönlich auf.

Er war überrascht. Frau Curtis war eine zierliche, graziöse alte Dame, weißhaarig, sorgsam frisiert, dezent gepudert, geschmackvoll gekleidet, gewandt im Umgang mit Besuchern; das Zimmer hingegen, in das sie Brückner führte, schien sie förmlich zu erdrücken; es war düster, die wuchtigen Schränke und geschnitzten Bänke waren unverkennbar Barock, ebenso die farbenstumpfe Seidentapete und zwei breit goldgerahmte, stark nachgedunkelte Ölgemälde. Die Bewohnerin und ihre Umgebung – ein seltsamer Kontrast.

Es gefiel der alten Dame offenbar, daß Peter Brückner sich einen Augenblick sichtlich beeindruckt umsah. Dann machte er eine charmantheitere Bemerkung, die sie sogleich ebenso aufnahm. »Ich weiß«, sagte sie lächelnd, »es ist ein bißchen stilwidrig; zu mir würde Biedermeier oder noch besser Rokoko passen, nicht wahr? Aber fänden Sie das sehr originell, wo Biedermeier schon vor Jahren anfing, ein modischer Snobismus für Hinz und Kunz zu werden? Neuerdings nennt man es wohl Nostalgie, antike Petroleumlampen werden industriell hergestellt, ovalgerahmte Scherenschnitte im Kitschlädchen feilgeboten, Zinngerät statt Bleisoldaten gegossen. Bitte«, schloß sie unvermittelt, »womit kann ich dienen?«

Peter Brückner druckste nun doch ein bißchen herum.

Sie hob die Hand. »Zuvor eine Bemerkung«, sagte sie. »Ich kaufe weder, noch verkaufe ich irgendwelche Antiquitäten. Schon seit zehn Jahren nicht mehr.«

»Ich weiß«, sagte Brückner. »Ich bin Hauptmann der Volkspolizei und möchte Ihnen zunächst dienstlich etwas mitteilen.«

»Bitte«, sagte sie freundlich. Auf den Ausweis, den er ihr vorwies, warf sie keinen Blick. Brückner teilte ihr knapp und sachlich den Raub des Grabmonuments mit.

Wenn es sie überraschte, ließ sie es sich nicht anmerken. Sie hob nur ein wenig die Brauen, als sie fragte: »Und?«

»Ich habe gehört«, überspielte Peter Brückner ein leichtes Befremden, »daß Sie bald nach dem Tod Ihres Mannes das Geschäft aufgelöst, das heißt die Restbestände an Antiquitäten aller Art verkauft haben.«

»Bis auf mehrere wertvolle Objekte. Die hatte mein Mann verschiedenen staatlichen Museen und Sammlungen testamentarisch vermacht.«

»Gehörte der betende Engel zu den wertvollen Objekten?«

»Zweifellos. Ich kann Ihnen zwar keinen Preis nennen, aber Kenner schätzen den Wert der Skulptur ungewöhnlich hoch ein.«

»Trotzdem befand sich der Engel offenbar nicht unter den Kunstgegenständen, die dem Staat vererbt worden sind.«

»Nein. Im Testament meines Mannes war diese Skulptur eigens ausgenommen worden, und zwar mit dem ausdrücklichen Verlangen, sie nach seinem Ableben auf unserer Grabstätte aufzustellen. Ja, und das«, schloß die alte Dame, die sich in ihrer altmodischen oder auch konventionellen Sprechweise sehr gewandt auszudrücken wußte, »geschah dann auch.«

»Erinnern Sie sich noch, wie Ihr Gatte diese Figur erworben hat?« Und da sie die Stirn runzelte: »Ich nehme selbstverständlich an, durchaus reell.«

»Selbstverständlich«, wiederholte sie ein wenig gekränkt. »Bei den umfangreichen Enttrümmerungsarbeiten in Potsdam kam natürlich auch manches Wertvolle zutage, das jedoch zunächst völlig unsachgemäß auf Schrotthaufen geworfen und abgefahren wurde. Mein Mann wandte sich an die zuständigen Herren – ich erinnere mich nicht mehr, welche Behörde das war – und traf mit ihnen ein Abkommen, das«, sagte sie charmant lächelnd, »gewiß nur damals möglich war. Mein Mann durfte sich aussuchen, was ihn interessierte, zumeist Kunstschmiedearbeiten aller Art, wie Gitter, Türbeschläge, Embleme, aber auch einige Statuen und Statuetten aus Bronze oder Stein. Dafür verpflichtete er sich, der Sammelstelle jedesmal das vierfache Gewicht an gewöhnlichem Schrott abzuliefern.«

»Was es damals so alles gab ...«, meinte Brückner und schüttelte den Kopf. »Aber woher«, fragte er, »nahm er den Schrott?«

Die Kunsthändlerin mußte lachen. »Mein Mann und zwei Arbeiter, die übrigens gar nicht billig waren, buddelten ihn aus den Trümmern, die es ja damals in Potsdam überreichlich gab. Das wurde ihm sogar als verdienstvolle gesellschaftliche Aktivität angerechnet. Aber«, schloß sie, »Spaß beiseite; es bildete die Grundlage unseres Geschäfts, das stets den besten Ruf genoß.«

Das wußte Peter Brückner nun also. Da gab es offenbar nichts Geheimnisvolles oder Verdächtiges. Trotzdem machte er einen Versuch, etwas Aktuelles zu erfahren, einen Zusammenhang mit dem Mord oder Totschlag herzustellen. Er nannte den Namen des Opfers.

Frau Curtis hatte ihn nie gehört. Wie nicht anders zu erwarten, auch nicht den Namen Utes. Ja, von der Friedhofsgärtnerei kannte sie nur den Namen des Inhabers; sie hatte Decker schon seit vielen Jahren mit der regelmäßigen Pflege der Grabstätte betraut.

»Und der Steinmetz Tremorius?«

Sie stutzte. »Wie ist sein Vorname?«

»Dieter.«

»Den hat mein Mann gekannt. Er mochte ihn gar nicht, obwohl er in seinem Fach sehr tüchtig sein soll.«

»Warum mochte er ihn nicht?«

»Dem Herrn Tremorius waren im Grunde alle Altertümer und Kunstgegenstände ziemlich gleichgültig. Ihn interessierte, so meine ich, lediglich der Preis, der Handel, das Geschäft.«

»Kennen Sie ihn persönlich?«

»Gewiß, er hat auch nach dem Tod meines Mannes noch dies und das von mir gekauft, vor allem, als ich das Geschäft auflöste.«

»Etwas an ihm ist Ihnen unsympathisch«, sagte Brückner gradezu. »Was?«

»Er nutzte die Situation aus. Er drückte die Preise.«

»Ist das nicht im privaten Geschäftsleben üblich?«

Sie lächelte wiederum. »Selbstverständlich«, gab sie offen zu, »aber er hatte stets nur ein Argument: Er schimpfte auf den Staat, wo es kaum gut zahlende Privatkäufer gab, und erklärte bei jedem Heiligenstandbild oder antiken Möbelstück, wieviel man damit im Westen herausholen könnte.«

»Hat er Ihnen vielleicht einmal vorgeschlagen, gemeinsam mit Ihnen oder nur für Sie etwas gegen Westgeld oder andere Valuta zu verkaufen?«

»Einmal deutete er so etwas an. Ein Amerikaner suche eine solche Barockbank, wie sie bei mir stünde. Ich tat, als begriffe ich ihn gar nicht, und lehnte seinen Vorschlag ab; denn ich war ebenso wie mein Mann durchaus dagegen, wertvolle Kunstgegenstände aus der DDR verschleppen zu lassen. Herr Tremorius kam mir daraufhin auch nie wieder mit dergleichen Vorschlägen.«

Als Brückner sich von ihr verabschiedet hatte, war er, wie er sich offen gestand, enttäuscht. Nicht etwa, daß er von der liebenswürdigen alten Kunsthändlerin einen konkreten Hinweis auf den Täter, ein begründetes Verdachtsmoment zu hören erwartet hätte – das wäre ja lächerlich gewesen. Selbst das unmittelbare oder mittelbare Tatmotiv hatte die alte Dame genau in derselben Richtung angedeutet, wie er und seine Mitarbeiter es bereits bestimmt hatten und aus kriminalistischer Sachkenntnis für nahezu erwiesen ansahen. Brückner war, so sonderbar es scheinen mag, enttäuscht, weil sich ein bestimmter Verdacht, den er inzwischen geschöpt hatte, in Dunst auflöste, ein anderer aber, der ohnehin nahelag, noch wesentlich verstärkt worden war. Denn er hatte aus den bislang erwiesenen Tatbeständen für sich offenbar etwas anderes gefolgert als seine Mitarbeiter. Er scheute sich, vor allem gegenüber dem skeptischen Oberleutnant Becker, seine Vermutung preiszugeben; und viel mehr als eine Vermutung war es eigentlich nicht.

Der Tatort wurde von nun an, sobald es anfing zu dunkeln, allnächtlich bis zum Morgen unauffällig bewacht. Das war innerhalb des Friedhofs mit seinen zum Teil hohen Steinen, Büschen und verwinkelten Pfaden nicht schwierig. Auch von der Straße her konnte ein ziemlich langes Stück der Friedhofsmauer unschwer beobachtet werden, zufällig am leichtesten dort, wo hinter ihr die Statue im Unkraut lag; denn eine nachts verlassene Baubaracke machte als Versteck auffällige Patrouillengänge unnötig. Alle Mitarbeiter, insgesamt sechs, waren von Hauptmann Brückner genau unterrichtet und eingewiesen worden. Sie standen selbstverständlich untereinander in Funksprechverbindung. Brückner, Becker und Lorenz wechselten nachts einander ab. Es konnte eigentlich nichts schiefgehen.

Es ging auch nichts schief, wenn man von einer Überraschung absieht, die nur für Brückner kaum noch eine war. In der dritten Nacht, zwischen drei und halb vier Uhr früh, fuhr ein grauer Trabant-Kombi die stille Straße an der Friedhofsmauer entlang und hielt, wo hinter dem Grabmal der betende Engel lag. Der Fahrer schaltete sogar vorschriftsmäßig das Parklicht ein. Die Wagentür gab kaum Geräusch, als ein offenbar noch junger Mensch heraussprang und mit sportlichem Schwung über die Mauer flankte. Eine halbe Minute später gab der Einsatzleiter – diesmal war es Leutnant Lorenz – das Signal zum Zugreifen.

Es war nicht leicht, Ute Kappler zu bändigen;

das Mädel war verdammt kräftig. Hingegen war es leicht, ein bißchen komisch sogar, den Fahrer des Trabant zu stellen: Er hob, obwohl ihn niemand bedrohte, wie in einem Fernsehkrimi beide Hände hoch.

»Steigen Sie aus, Herr Decker«, befahl Lorenz. Er war einigermaßen erstaunt, den menschenfreundlichen Gärtnermeister vor sich zu sehen. Über Fräulein Ute, die aus dem Friedhof zum Einsatzwagen gebracht wurde, wunderte er sich weniger. Sie grinste ihn an und schwieg verbissen.

Bei Dienstbeginn wurden die beiden Festgenommenen zur ersten Vernehmung in Brückners Zimmer geführt. Sie versuchten es zunächst mit Ausreden und gegenseitigem Beschuldigen. Vergeblich. Was ihnen Brückner, behaglich seine Morgenzigarre rauchend und im Ton nahezu freundlich, vorhielt, warf sie um. Sie gaben auf.

»Wie viele Verbrecher«, sagte Brückner freundlich dozierend, »hielten Sie sich für klüger als die Polizei. Das war Ihre erste Dummheit, aus der alle anderen folgen. Aber selbst wenn wir so dumm oder noch dümmer wären, als Sie glaubten, hätten wir von vornherein eine sozusagen automatische, unpersönliche Überlegenheit: unseren Apparat. Sie schütteln ungläubig den Kopf, Herr Decker? Ich kann Ihnen jetzt, nachdem Sie bis auf unwesentliche Einzelheiten gestanden haben, mitteilen, daß Sie selbst es waren, der schon wenige Stunden nach der Tat den ersten begründeten Verdacht auslöste.«

»Ich?«

»Ja, Sie. Mein junger Mitarbeiter Lorenz berichtete uns über sein erstes Gespräch mit Ihnen sehr genau und lückenlos. Danach waren Sie ein ganz besonderer Menschenfreund. Sie stellten, was ich an und für sich sehr sympathisch finde, bevorzugt Vorbestrafte ein. Nur ist Leutnant Lorenz etwas aufgefallen. Als Sie über Fräulein Kappler sprachen, waren Ihre Auskünfte mulmig: zu zwei Jahren verurteilt, Bewährungsfrist, Werkhof, Amnestie – das ging alles ein bißchen durcheinander. Als ob Sie beim Einstellen des Mädchens keine Erkundigungen eingezogen, keinerlei Papiere eingesehen hätten, ausgerechnet Sie, der Sie auf diesem Gebiet doch Erfahrung haben mußten.«

»Ich war eben leichtgläubig«, antwortete Dekker und strich melancholisch seinen Seehundsbart.

Peter Brückner lachte. »Wir aber nicht«, sagte er. »Deshalb hat Oberleutnant Becker – was übrigens, wie Sie sich hätten denken können, für uns nur eine mühelose Routinearbeit bedeutet – die personellen, polizeilichen und gerichtlichen Unterlagen eingesehen. Stimmt, eine Ute Kappler ist vor drei Jahren vom Jugendgericht in Rostock wegen Herumtreiberei und kleinen Diebstählen zu fünf Monaten Freiheitsentzug mit Bewährung verurteilt worden. Sie hat, da ihre Eltern die Verantwortung übernahmen, niemals einen Werkhof von innen gesehen. Sie war siebzehn Jahre alt, und Sie, Fräulein Ute, sind angeblich zweiundzwanzig. Ute Kappler ist zur Zeit nachweislich in einem thüringischen Textilwerk mehrfache Aktivistin. Na, meine Dame, was sagen Sie dazu?«

Sie schwieg böse, und ihr Chef stammelte: »Da muß ein Irrtum vorliegen ...«

Brückner nickte und sagte trocken: »Gewiß, aber Ihrerseits. Sie irrten überdies, als Sie naiverweise annahmen, wir würden uns nicht auch mit Ihrer Vergangenheit befassen. Dreimal haben Sie wegen Devisenvergehens vor dem Richter gestanden; zweimal wurden Sie aus Mangel an Beweisen freigesprochen und einmal zu vier Monaten verurteilt. Diese Strafe haben Sie jedoch, weil vorher eine Amnestie erfolgte, nicht abzusitzen brauchen. Ihr damaliger Kumpan, ein gewisser Alex Schröter, war nach dem Westen geflüchtet und ist dort angeblich Kunsthändler geworden, das heißt, er hilft einem amerikanischen Schieber, unsere DDR auszuplündern. Dieser Schröter hat sich mit Ihnen als altem Kumpel wegen des betenden Engels in Verbindung gesetzt. Welchen Anteil, Herr Decker, würden Sie, wenn alles geklappt hätte, für den Raub bekommen haben?«

Der Gärtnermeister hockte sehr klein auf seinem Stuhl und wurde, während Brückner sprach, zusehends noch kleiner, und sein Seehundsbart hing trübselig herab. Man merkte Herrn Decker an, wie tief er erschüttert war, daß ihn die Volkspolizei, von der er doch so gar nichts gehalten hatte, jetzt restlos auseinandernahm. Resigniert nahm er hin, daß nunmehr auch ermittelt wurde, mit welchem Trick er seinerzeit, als seine Situation brenzlig wurde, seine Schwägerin juristisch als Inhaberin seines Privatgeschäfts registrieren lassen konnte.

»Auch über Ihren ermordeten Gehilfen, den unglücklichen Martin Fossel«, stellte Brückner ruhig fest, »haben wir uns genau informiert. Fossel, ebenfalls vorbestraft – da haben Sie meinen Mitarbeiter sogar wahrheitsgemäß unterrichtet –, nahm es ernst mit seiner Bewährung.«

Fräulein Ute schnaufte verächtlich.

»Ich weiß, ich weiß«, wandte sich Brückner gelassen an sie, »Martin Fossel war ein – nun, sagen wir mal – großer Frauenfreund. Darum hat er's im Sommer auch ein paarmal mit Ihnen getrieben, nicht wahr? Auf dem Friedhof ist das vielleicht nicht sehr geschmackvoll, aber keineswegs strafbar. Was Sie meinem Mitarbeiter Lorenz über die schlagfertige Verteidigung Ihrer bedrohten Sittsamkeit erzählten, war zwar rührend, aber glatter Schwindel. Sie haßten Fossel, weil er, aus welchem Grund auch immer, nichts mehr mit Ihnen zu tun haben wollte. Sie haben ihn wahrscheinlich sehr enttäuscht. Er fand Sie zu kalt und gefühlsarm, auch erotisch boten Sie ihm zuwenig, und er hatte eine andere Frau kennengelernt.«

»Das können Sie nicht beweisen!« trumpfte sie zornig auf.

Brückner tat genüßlich einen Zug aus seiner Zigarre, bevor er antwortete: »Warum sollte ich das beweisen? Ich meine nur, Ihre Tat würde menschlich verständlicher, wenn es so wäre. Mildernde Umstände. Aber wie Sie wollen. Auch daß Sie nicht Ute Kappler ...«

Sie sprang fast vom Stuhl auf und legte demonstrativ lauschend eine Hand ans Ohr. »Wie bitte?«

Ohne dieses Theater zu beachten fuhr Peter Brückner gelassen fort: »Oberleutnant Becker hat sich inzwischen mit zwei zu Weihnachten vorigen Jahres aus der Frauenhaftanstalt Brandenburg geflüchteten Insassen befaßt; die eine, die uns hier nichts angeht, ist eine gewisse Kora Muckel, siebenundvierzig Jahre alt, Trickbetrügerin. Sie sitzt bereits wieder ein. Die zweite heißt mit Vornamen Ute wie Sie, Ute Bärwalt. Sie ist heute sechsundzwanzigjährig. Diese Ute Bärwalt, mein Fräulein, sind Sie. Eine Nichte des Alfons Decker. Bei dem aktiven Wohlwollen, den dieser für Vorbestrafte und Kriminelle hegt, wird uns bestimmt noch vor Beginn des Prozesses der Nachweis gelingen, woher er die Ihnen gegebenen Papiere, beispielsweise den von der wirklichen Ute Kappler verlorenen oder ihr gestohlenen Personalausweis, beschafft hat und welche anderen Papiere gefälscht sind.«

»Du meine Güte«, rief das Mädchen schrill, »Sie haben aber eine Phantasie.«

»Stimmt.« Brückner nickte freundlich. »Die braucht man auch zu unserer Arbeit, nicht nur zum Blumenbinden, Fräulein Bärwalt.«

Sie antwortete mit einem derben Zitat, von dem sie bestimmt nicht wußte, daß es lebendiges Kulturerbe ist. Dann wandte sie sich beleidigt ab und steckte sich, was Brückner schon vorher allen gestattet hatte, eine Zigarette an. Ihre Hände zitterten, sosehr sie sich auch sichtlich um weiteres Unbeteiligtsein mühte.

»Ich fasse zusammen«, fuhr Brückner fort. »Die Tat hat sich nach dem bisherigen Geständnis der Beteiligten folgendermaßen abgespielt. Der Chef der Friedhofsgärtnerei, Alfons Decker, gab dem bei ihm angestellten Martin Fossel den Auftrag, sich um elf Uhr nachts mit der Schiebkarre und einem Stemmeisen bei dem Grabmal des verstorbenen Kunsthändlers Winfried Curtis einzufinden. Es handle sich um eine notwendige Arbeit, an der auch Fräulein Kappler teilnehmen werde. Wir wissen nicht, ob Martin Fossel Bedenken hatte und welche; die späte Stunde dürfte ihn stutzig gemacht haben, aber er kam dennoch dem Befehl nach. Auf der Straße jenseits der Friedhofsmauer traf gleichzeitig der Trabant-Kombi der Firma ein. Decker steuerte ihn. Das Mädchen, das sich Kappler nennt, kam nach eigener Aussage gleichzeitig mit Fossel, nur von der anderen Seite, auf dem Friedhofsweg zum Treffpunkt. Decker kletterte über die Mauer und dann auf das Monument und ließ sich von Ute die Brechstange hinaufreichen. Sie sprachen dabei nichts, die Komplizin war auf den Raub der oben verankerten Marmorstatue vorbereitet. Diese war, wie auch unsere Sachverständigen bestätigen, unschwer aus ihrem Fundament zu lösen. Decker konnte nach wenigen Minuten die Brechstange zurückreichen. Stimmt das soweit, Herr Decker?«

»Ja«, antwortete er fast tonlos.

»Aber da geschah etwas, was die Räuber überraschte. Martin Fossel weigerte sich plötzlich, weiterzumachen. ›Ich will nicht noch mal in den Knast!‹ schrie er. Sehr laut, wie Decker ausgesagt hat. Ute wollte ihm, als er zu abermaligem Geschrei ansetzte, unwillkürlich den Mund zuhalten, aber Fossel stieß sie wütend zurück. Da schlug sie mit dem schweren Werkzeug, das sie noch in der rechten Hand hielt, zu und zertrümmerte Fossel, dessen Mütze gefallen und weggerollt war, den Kopf. Nach dem Obduktionsbefund des Gerichtsmedizinischen Instituts war Fossel sofort tot. Die beiden, vor allem Decker, erschraken sehr, faßten sich aber schnell. Das Mädchen übernahm – nach übereinstimmender Aussage – das Kommando. ›Wirf den ollen Engel hinten runter‹, befahl sie ihrem Chef. ›Da sieht ihn so bald keiner, und in ein paar Tagen können wir ihn wegholen. Los, hau ab, aber zertrample nicht den Boden. Alles andere besorg ich schon, dazu bist du ja doch zu schlapp.‹ Nun, war's nicht so?«

»Warum soll's nicht so gewesen sein?« fragte sie schnippisch und rauchte schon wieder ganz beherrscht mit tiefen Lungenzügen.

»Sie, Fräulein Bärwalt, haben dann mit erstaunlicher Geistesgegenwart überlegt, daß der Erschlagene unbedingt von dieser Stelle fortgeschafft werden mußte, weil sonst, wenn man ihn fand, dem Friedhofspersonal sogleich das Fehlen der Statue aufgefallen wäre. Sie luden Fossel, ohne an den Verbleib des Tatwerkzeugs zu denken, auf die Karre und warfen ihn etwa hundert Meter weiter ins Unkraut zwischen zwei verwahrloste Gräber. Wollen Sie widersprechen?«

Sie schüttelte gleichgültig den Kopf. Erst nach einer ganzen Weile des Nachdenkens sagte sie obenhin: »Das war kein Mord. Es war nur Totschlag.«

»Darüber wird das Gericht entscheiden. Abführen«, befahl Brückner und drückte seinen Zigarrenstummel aus.

Der Fall Zerlander

Es wird sich, zumal inzwischen mehrere Jahre vergangen sind, wohl kaum noch jemand an die sechszeilige Zeitungsmeldung erinnern, daß auf dem Gleiskörper zwischen Oranienburg und Birkenwerder der Malermeister Jobst Z. (42) in den frühen Morgenstunden des 17. Oktober tot aufgefunden wurde. Er war vermutlich abends zuvor überfahren worden.

Man nahm zunächst einen selbstverschuldeten Unfall an, denn der Promillesatz Alkohol im Blut war sehr hoch. Auch wenn nicht ein Arbeitskollege des Jobst Zerlander die Volkspolizei aufmerksam gemacht hätte, daß dieser in der Gegend des vermeintlichen Unfalls rein gar nichts zu tun gehabt haben könne, wäre der Vorfall untersucht worden; es genügte, daß die Möglichkeit eines Selbstmords gegeben war.

Ich wurde, zusammen mit meinen ständigen Mitarbeitern Becker und Lorenz, mit der Aufklärung beauftragt.

Jobst Zerlander, fleißiger und angesehener Arbeiter, war, wie wir bald feststellen konnten, ein sehr stiller und bescheidener Mensch gewesen, der, wie mehrere Zeugen nahezu gleichlautend aussagten, »alles sehr schwernahm«, aber selten über ärgerliche Dinge und berufliche Mißhelligkeiten schimpfte. »Jobst schluckte alles in sich hinein«, sagte ein Mitglied seiner Brigade wörtlich. »Wenn es ihm zuviel wurde, zwitscherte er einen, und die Sache war erledigt.«

Seine Frau, eine hübsche, wenn auch nach meinem Geschmack etwas zu sehr aufgemachte, offenbar sehr kontaktfreudige Frau, Ende der Dreißig, aber jünger aussehend, erklärte Becker, der sie als erster befragte, ihr Mann habe »gesoffen«, mindestens einmal in der Woche wäre er »blau« nach Hause gekommmen. Sie habe dann die beiden Kinder, einen acht- und einen neunjährigen Jungen, vor ihm schützen müssen. Verdient habe er gut, materielle Sorgen habe die Familie trotz seines Trinkens nicht gehabt. Soviel sie, die Ehefrau, wisse, sei ihr Mann am 16. Oktober, dem Tag des Unfalls, gleich nach Arbeitsschluß in das Lokal »Zum Rosengarten« gegangen und habe dort »mit irgendwelchen Leuten« getrunken. Dann sei er nicht mehr nach Haus gekommen.

Ob sie sich deshalb keine Sorgen gemacht habe, fragte Becker.

»Nein, nicht sehr«, antwortete sie. »Wenn Jobst seine Sauftour hatte, blieb er öfter halbe und ganze Nächte weg.«

Alles in allem, berichtete uns Becker nach dieser Befragung in seiner trocknen Art, habe die Frau auf ihn einen zwar oberflächlichen, aber durchaus glaubwürdigen Eindruck gemacht.

Doch Becker, ein äußerst gewissenhaft arbeitender Kriminalist, war leider, wie Lorenz und ich wußten, ein schwacher Psychologe.

Zur gleichen Zeit hatte Lorenz im »Rosengarten« recherchiert.

Jobst Zerlander war dort so gut wie unbekannt. Er hatte in der Nähe der Gartenwirtschaft, schräg gegenüber in einer Neubausiedlung, gearbeitet und war nach Feierabend nur zweimal innerhalb von vierzehn Tagen in den »Rosengarten« gekommen. Das erstemal trank er an der Theke ein Glas Bier und einen Weinbrand; erst beim zweitenmal – eben an dem verhängnisvollen 16. Oktober – kam er mit drei Bekannten, wahrscheinlich Arbeitskollegen, herein. Sie setzten sich, tranken sehr viel, und gegen dreiundzwanzig Uhr verließ Zerlander schließlich die Tischrunde.

»Allein?« fragte Lorenz.

»Allein«, antwortete der alte Kellner. »Er ging zwar ganz schön stakerig, war aber nicht, was man betrunken nennt.«

»Wie hat er sich denn vorher verhalten?«

Die Wirtin und der Kellner sagten übereinstimmend: »Auffallend still.« Die drei anderen Männer am Tisch hätten sich laut und lebhaft über eine neue Baumethode unterhalten, Zerlander aber habe fast wortlos dabeigesessen und getrunken. »Gäste sind manchmal so«, meinte die Wirtin achselzuckend, »es sind ja nicht alle Menschen gleich.«

Lorenz fragte den Kellner: »Hat Herr Zerlander seine Zeche selbst bezahlt?«

»Ja, und noch für den einen Kollegen mit, für die beiden andern nicht.«

Wer diese Kollegen waren, wußte weder die

Wirtin noch der Kellner. »Irgendwelche vom Bau da drüben«, sagte sie. »Die kommen gelegentlich alle mal rein. Es ist ja kein anderes Lokal in der Nähe.«

»Wann sind die drei anderen Gäste gegangen?«

»Der, für den Herr Zerlander mitbezahlt hatte, ungefähr fünf Minuten später. Er hatte am wenigsten getrunken. Die beiden andern«, berichtete der Kellner, und die Wirtin nickte bestätigend, »hatten ziemlich Schlagseite. Erst als ich ihnen entschieden erklärte, daß nun Schluß wäre und sie nichts mehr ausgeschenkt kriegten, schlenkerten sie eine Viertelstunde später protestierend ab.«

Lorenz hatte es nicht schwer, diese beiden Männer zu finden, der eine meldete sich sogar bei ihm. Beide waren Installateure.

Sie hatten Zerlander erst am selben Tage bei der Arbeit kennengelernt; er hatte einen Rußfleck, den sie versehentlich mit der Lötlampe auf eine frisch gespritzte Wand gemacht hatten, aus kollegialer Gefälligkeit unsichtbar gemacht. Nach Feierabend waren sie ihm vor der Wirtschaft mit einem anderen Kollegen begegnet und hatten ihn eingeladen; sie wollten sich »für seine Gefälligkeit revanchieren und einen ausgeben«. Aufgefallen sei ihnen lediglich, sagten sie beide, daß Zerlander ein ungewöhnlich schweigsamer Mann gewesen sei. Sie hätten nicht einmal bemerkt, daß er fortging, und wären erstaunt gewesen, daß er trotz ihrer Einladung seine Zeche und die seines Begleiters, ohne ein Wort zu verlieren, selbst bezahlt habe.

Lorenz fragte, ob sie den Kollegen, mit dem Zerlander gekommen sei, gekannt hätten.

Nein; aber seinem Reden nach müßte er wohl ebenfalls Maler sein. Sie schilderten ihn als untersetzten, schwarzhaarigen Mann von etwa fünfzig Jahren. Er sei anfangs sehr lebhaft und lustig gewesen, dann aber mit zunehmendem Alkoholkonsum ebenfalls schweigsam geworden. Irgendeinen Streit oder auch nur eine Auseinandersetzung habe es während des ganzen Abends bestimmt nicht gegeben.

Ich hatte die Ermittlungstätigkeit in der PGH übernommen, denn wenn Zerlanders Begleiter und er im gleichen Beruf arbeiteten, mußte der Mann hier auffindbar sein.

Er war es.

Peter Rüschelsberger, siebenundvierzig Jahre alt, gehörte zur Brigade Zerlanders. Ich traf ihn in dem Neubau beim Weißen einer Decke. Als ich ihn aufforderte, von der Rüstung herunterzukommen, und mich auswies, erschrak er offensichtlich. Nein, er wisse nichts von Belang, erklärte er nervös. Der plötzliche Tod seines »lieben Kollegen«, mit dem er »sich immer großartig vertragen« habe, wäre für ihn heute noch »wie ein Boxhieb auf den Magen«.

Warum er sich denn nicht, wie einer der beiden Installateure, bei uns gemeldet habe, fragte ich ihn, wo er doch einer der letzten, wenn nicht der letzte wäre, der Zerlander lebend gesehen habe.

»Ich wußte ja gar nicht, daß sich die Polizei mit der Sache befaßt«, antwortete er ungeschickt ausweichend. »Es war doch ein Unfall, mit dem ich überhaupt nichts zu tun haben kann.«

»Wohin gingen Sie nach Verlassen des Lokals?«

»Direkt zur S-Bahn, um nach Hause zu fahren.«

Auffallend hastig fügte er hinzu: »Sie können sich beim Stationsvorsteher, oder wie man den Mann mit der roten Mütze nennt, erkundigen. Er sagte nämlich zu mir: ›Mensch, du hast aber vielleicht ne Fahne; eigentlich dürfte ich dich gar nicht in den Zug reinlassen.‹ – Bitte, prüfen Sie das nach.«

Nun, das hätte ich auch ohne seinen Rat getan, denn irgendwie gefielen mir die Reaktionen Rüschelsbergers nicht. Warum war er so nervös, ja sogar, wie mir schien, ängstlich um ein Alibi besorgt?

Darüber gab mir unser Archiv eine mögliche Erklärung: Peter Rüschelsberger war vorbestraft. Vor drei Jahren war er wegen Körperverletzung, begangen in Trunkenheit, zu einer Gefängnisstrafe mit Bewährung verurteilt gewesen. Sollte es also mit dem »Immer großartig vertragen« einen Haken haben? Andererseits machte seine spontane Behauptung, er empfinde den plötzlichen Tod seines Kollegen Jobst Zerlander »wie einen Boxhieb auf den Magen« einen durchaus aufrichtigen Eindruck. Seine Trauer schien echt. Aber war es nicht vielleicht Reue über eine sinnlose, im Rausch begangene Jähzornstat?

Ich ließ Becker das angebotene Alibi Rüschelsbergers nachprüfen. Es stimmte. Becker, stets exakt bei Zeitbestimmungen, stellte noch einmal im »Rosengarten«, dann bei den beiden Installateuren den Zeitpunkt fest, da Zerlander und Rüschelsberger – getrennt – fortgegangen waren. Es ergab sich jedoch nur eine Differenz von fünf, höchstens acht Minuten.

Den S-Bahnhof mußte Rüschelsberger, selbst wenn man annahm, daß er sehr langsam gegangen war, spätestens eine Viertelstunde nach Verlassen des Lokals erreicht haben. Zerlander aber war nahezu einen Kilometer von diesem Bahnhof entfernt überfahren worden. In seinem trunkenen Zustand mußte er für den Weg dorthin mindestens eine halbe Stunde, wenn nicht mehr benötigt haben. Hinzu kam, daß Medizinalrat Dr. Vollmer, unser medizinischer Sachverständiger, das Eintreten des Todes auf frühestens vierundzwanzig Uhr, wahrscheinlich jedoch später, fixiert hatte.

Also doch ein Unfall?

Die nächstliegende Frage war nicht zu umgehen: Was hatte Zerlander am Unfallort zu suchen?

Wir fuhren noch einmal hin. Er lag ungefähr in der Mitte zwischen zwei etwa vierhundert Meter voneinander entfernten beschrankten Bahnübergängen.

Zerlander war dort, wie seine Fußspuren eindeutig ausgewiesen hatten, einen mit Krüppelbäumchen und Buschwerk bewachsenen niedrigen Hang hinunter zum Gleiskörper gegangen. Zweifellos allein. Es gab auch keine Rutschspuren, die auf starke Trunkenheit hätten schließen lassen.

Leutnant Lorenz, unser unentwegter Kombinierer, machte darauf aufmerksam, daß die Unfallstelle – wenn es ein Unfall war – im Gegensatz zum übrigen Gelände nachts sehr einsam und vor allem menschenleer sein müsse, denn gegenüber, jenseits des Gleiskörpers, erstreckten sich einige selbst am Tage verlassen daliegende Lagerplätze.

»Also Selbstmord?« fragte ich.

Lorenz zuckte die Achsel. Er scheute sich, ja zu

sagen, obwohl er sicherlich, ebenso wie ich, davon überzeugt war. Aber er fürchtete die Kritik Beckers, des, wie wir ihn manchmal im Scherz nannten, Tatsachenfanatikers. Dieser lehnte stets alle unbeweisbaren Kombinationen als nutzlose Phantastereien ab; und die vorliegenden Tatsachen – die Fußspuren und die Einsamkeit des Orts – waren ihm keineswegs genügend beweiskräftig.

»Es wäre immerhin denkbar«, erklärte er, »daß sich auf dem Schotter des Gleiskörpers, wo es keine Fußspuren geben kann, noch ein zweiter Mensch befunden hat.«

»Sie denken an einen möglichen Mord?« fragte ich.

Nun war er es, der die Achsel zuckte. »Wer sagt uns«, fragte er, »ob nicht eine zweite Person, möglicherweise sogar mehrere, von der gegenüberliegenden Seite kommend, hundert Meter oder mehr über Schwellen und Schotter sich hierher begeben haben?«

»Aber am Körper des Toten wurden von den Sachverständigen keinerlei Spuren vorangegangener Gewaltanwendung entdeckt«, widersprach ihm Lorenz impulsiv.

Becker hob die dünnen Brauen. »Sie meinen an dem«, erwiderte er sachlich, »was von dem Körper noch übrig war.«

Hatte Jobst Zerlander einen Feind, dem ein Mord zuzutrauen war? Seine Mitarbeiter lehnten diese Vermutung strikt ab. Hatte er ein Motiv zum Selbstmord? Sie bestritten es einhellig. Nur die Aussage Rüschelsbergers, die nun in Anwesenheit seiner Kollegen erfolgte, lautete etwas einschränkend. »Vielleicht familiär«, sagte er unsicher, »und wir wissen nur nichts davon.«

Ich beschloß, die bereits von Becker befragte Witwe Zerlanders noch einmal selbst zu vernehmen. Aber vorher unterzog ich mich der Mühe, in der Nachbarschaft herumzuhören. Und das lohnte sich. Ich erfuhr bemerkenswerte Dinge.

Alle bestritten, daß Zerlander ein Trinker gewesen sei. Gewiß, er könne mal dann und wann, wenn ihn sein Kummer übermannte, »einen gehoben« haben – bemerkt habe man es nie –, aber ein Trinker? Keinesfalls. Dazu sei er ein viel zu guter Familienvater gewesen.

»Sein Kummer?« fragte ich die Frau eines Postangestellten, die mit ihrem Mann im selben Stockwerk wie die Zerlanders wohnte.

Erst wollte sie nicht recht mit der Sprache heraus, doch dann erzählte sie mir, daß Frau Zerlander die beiden Jungen vernachlässige, sich, wenn ihr Mann in Spätschicht oder außerhalb arbeite, in Lokalen herumtreibe, und sie schloß: »Ich habe gehört, daß Herr Zerlander die Scheidung beantragt hat, aber sie weigert sich. Na klar«, sagte sie ironisch, »einen, der so schön verdient und so gutmütig ist wie Zerlander, den findet sie so bald nicht wieder.«

Ich fragte, ob es öfter zu Streitigkeiten zwischen den Eheleuten gekommen sei.

Die Nachbarin schüttelte den Kopf. »Nein, um Krach zu machen, dazu war Herr Zerlander ein viel zu feiner, ruhiger Mann. Anderen gegenüber ließ er sich seinen Kummer überhaupt nicht anmerken. Wie kaputt die Ehe war, haben wir erst gemerkt, als Herr Zerlander von zu Hause wegblieb.«

»Wieso von zu Hause wegblieb?« fragte ich überrascht.

»Ja, wissen Sie das denn nicht? Er hat die letzten Wochen gar nicht mehr hier gewohnt.«

Ich mußte ein paarmal schlucken. »Wo wohnte er denn?« fragte ich schließlich.

»Das weiß die Kassiererin im Gemüse-Konsum an der Ecke. Der hat er seine Adresse hinterlassen. Aber die durfte sie, wie ich gehört habe, nur dem älteren der beiden Jungen, dem Jens-Uwe, geben, damit er und sein Bruder ihren Vater besuchen könnten.«

Bei der Befragung der Kassiererin eine neue Überraschung: Jobst Zerlander hatte die letzten beiden Wochen wo gewohnt?

Bei seinem Arbeitskollegen Peter Rüschelsberger! Warum hatte der Mann das verschwiegen?

Statt nunmehr, wie ich beabsichtigt hatte, die Witwe aufzusuchen, bestellte ich mir den Rüschelsberger zur neuerlichen Vernehmung in mein Dienstzimmer.

Schon als er hereingelassen wurde, sah ich, daß er ziemlich fassungslos war. Seine Hände zitterten, als er sich mir gegenübersetzte.

»Warum«, fragte ich ihn schroff, »haben Sie uns nicht mitgeteilt, daß Herr Zerlander die letzten beiden Wochen bei Ihnen gewohnt hat?«

»Ich fürchtete, in Verdacht zu kommen. Wahrscheinlich wissen Sie, daß ich vorbestraft bin.«

»Ausrede! Sie wissen ebensogut, daß bei uns mit Verbüßung einer Strafe die Sache definitiv erledigt ist. Umgekehrt wird ein Schuh daraus: Durch Ihr Verschweigen haben Sie sich verdächtig gemacht.«

Rüschelsberger atmete schwer. »Jobst war bei mir nicht polizeilich gemeldet, und das hätte bestimmt Ihren Verdacht verstärkt.«

»Es war demnach ein Freundschaftsdienst, daß Sie Herrn Zerlander bei sich aufnahmen?«

»Ja, wir waren befreundet, und sein Tod hat mich sehr hart getroffen.« Das klang glaubhaft. »Ich habe mir schwere Vorwürfe gemacht – und mache sie mir noch.«

»Warum?«

»Weil ich an dem Abend im ›Rosengarten‹ nicht sofort mit Jobst aufgestanden bin und ihn begleitet habe. Ich hätte mir denken müssen, was geschehen würde. Aber ich hatte zuviel getrunken.«

»... daß was geschehen würde?«

»Was geschehen ist. Daß er Selbstmord begeht. Er hatte schon morgens so etwas angedeutet, bei der Arbeit. Tags zuvor hatte seine Frau den beiden Kindern verboten, ihn zu besuchen. Sie hat sie verhetzt: ihr Vater wäre ein Säufer, ein Strolch, der seine Familie verlassen hätte.«

Ich fuhr zu Frau Zerlander. Sie gab sich zunächst zutraulich und ahnungslos, dann wurde sie schnippisch und zuletzt frech. Sie versuchte sogar, ihren Mann des »Herumtreibens mit fremden Weibern« zu beschuldigen; die »beiden lieben Kleinen« lasse er, wenn sie nicht wäre, »völlig verkommen«.

Da hatte ich genug. Ich zog ein Blatt Papier aus der Tasche.

Frau Zerlander, die viel unsicherer und ängstlicher war, als sie je zugegeben hätte, mochte es für einen Haftbefehl oder dergleichen halten; sie zuckte zusammen und verlor die Farbe.

»Frau Zerlander«, sagte ich und tat einen Schritt auf sie zu, »geben Sie den Abschiedsbrief Ihres Mannes heraus, den Sie bis jetzt unterschlagen haben! Sonst veranlasse ich eine Hausdurchsuchung.«

Ich hatte nicht nur richtig vermutet, sondern auch psychologisch richtig gehandelt. Sie ging zum Büfett und kramte den Abschiedsbrief ihres Mannes unter einem Wäschestapel hervor.

Der Selbstmord Jobst Zerlanders war erwiesen. Die Frau hatte ihn in den Tod getrieben. Leider gab es keine gesetzliche Handhabe, sie deswegen vor Gericht zu stellen.

Die Angler von Wusterwaldau

»Auch noch!« schimpfte Brückner, als er beauftragt worden war, mit seinen beiden ständigen Mitarbeitern in das Dorf Wusterwaldau zu fahren, um dort einen reichlich verwickelten Fall zu klären. »Als ob wir in Berlin nicht genug Arbeit hätten«, murrte er. Aber die zuständige VP-Dienststelle des Kreises hatte ausdrücklich um Hilfe gebeten. Man kam dort nicht weiter.

Nach einem ausführlichen Ferngespräch ordnete Peter Brückner als erstes an, den Leichnam in das Gerichtsmedizinische Institut zu überführen. Der Arzt, der in Wusterwaldau die Untersuchung vorgenommen hatte, war seiner Sache nicht sicher. Dem durchaus tüchtigen Mediziner fehlte auf diesem Sondergebiet die Erfahrung. Der Tod des Rentners Robert Folkmann war der zweite Mordfall, der ihm in seiner mehr als zehnjährigen Praxis begegnete; der erste hatte ihm, diagnostisch betrachtet, keinerlei Schwierigkeiten geboten, es war ein einfacher Kopfschuß gewesen. Um so komplizierter erwies sich jedoch dieser zweite. Robert Folkmann war zeitweise sein Patient gewesen. Herz und Kreislauf wollten nicht mehr recht. War dies nun das jederzeit zu erwartende Ende: der Infarkt? Ein sogenannter Kälberstrick, um Folkmanns Hals geschlungen und zugezogen, widersprach dieser Diagnose. Die Strangulationsmale aussagekräftig zu analysieren vermochte der Kreisarzt nicht. Er weigerte sich, den Totenschein auszustellen, und riet, eine Obduktion im Gerichtsmedizinischen Institut vornehmen zu lassen.

Das geschah.

Als Peter Brückner dieses Gutachten las, schimpfte er nicht mehr über seine Abkommandierung, denn jetzt war er plötzlich kriminalistisch sehr interessiert.

Die provisorische Diagnose des Kreisarztes wurde bestätigt, die Todesursache war höchstwahrscheinlich Herzinfarkt, denn der Strick um den Hals war – das erwiesen die Druckstellen – nicht genügend fest zugezogen worden, um tödlich gewirkt zu haben.

Aber, so fragte sich Brückner, was sollte das Vortäuschen einer Strangulation? Das war unsinnig, es bedeutete doch beim Auffinden der Leiche geradezu eine förmliche Einladung an die VP, nach einem Mörder zu fahnden; denn ohne diesen geradezu provokatorischen Hinweis auf vorsätzlichen Mord wäre der Tote nach der Diagnose seines Arztes ohne weiteres auf dem Dorffriedhof begraben und schnell vergessen worden. War der Täter vielleicht nicht ganz normal? Und was hatte sich im Dorf abgespielt?

Das war gewiß unschwer zu erfahren.

Der Rentner Robert Folkmann war in der Nacht vom Montag zum Dienstag gestorben. Sein Tod überraschte nicht, Folkmann war schwer herzkrank. Einige jedoch, die schon immer das Gras wachsen hören konnten, wollten etwas von einem Hanfseil, einem Kälberstrick, um den Hals des Rentners wissen, obwohl weder der Arzt noch der Abschnittsbevollmächtigte, Hauptwachtmeister Darre, ein Wort von irgendeinem Strick oder Seil hatten verlauten lassen.

Etwas Überraschendes geschah erst nachmittags, und abends wußte es jeder: In das Haus des Verstorbenen war eingebrochen worden, aus dem Sterbezimmer war ein Gemälde verschwunden.

Niemand in Wusterwaldau hatte vordem gewußt, daß es wertvoll war, keiner der wenigen Personen, die den Raum betreten hatten, um den Toten einzusargen und hinauszutragen, war das dunkle Rechteck auf der ausgeblichenen Tapete aufgefallen. Vielleicht hing das Gemälde zu dieser Zeit noch auf seinem Platz.

Erst als am Freitagnachmittag zwei Beauftragte der Staatlichen Museen eintrafen und sich von dem Abschnittsbevollmächtigten das Häuschen Robert Folkmanns öffnen ließen, wurde der Diebstahl offenbar, denn der Rentner hatte, neben einigen Mappen mit wertvollen Grafiken, die in seiner Kommode vorgefunden wurden, das Gemälde dem Staat vermacht. Laut Testament handelte es sich um ein Werk Kokoschkas; die ziemlich bekannte, charakteristische Signatur des Meisters sei zweifellos echt. Es war das Porträt eines älteren Mannes, das seit Jahrzehnten als verschollen galt. Die Arbeiten Kokoschkas werden auf dem internationalen Markt mit riesigen Summen gehandelt.

»Da in diesem Zusammenhang plötzlich Zweifel an der Todesursache Folkmanns aufkamen, obwohl der Arzt geschwiegen und das Stück Strick sogleich entfernt und im Einverständnis mit Hauptwachtmeister Darre sichergestellt hatte, wurde ich beauftragt, den Fall zu klären«, berichtete Hauptmann Brückner. »Aber niemand konnte mir und meinen Mitarbeitern Becker und Lorenz einen glaubwürdigen Hinweis geben, ob der Tod Folkmanns irgend etwas mit dem (wahrscheinlich doch später erfolgten) Einbruch zu tun hatte. Überdies war die ganze Angelegenheit in einen, wenn ich mal so sagen darf, romantischen Nebel gehüllt.«

Robert Folkmann, einundsiebzig Jahre alt, der von einer Rente und einigen Ersparnissen sehr bescheiden lebte, hatte im Dorf keinerlei persönliche Beziehungen unterhalten. Er gab weder Briefe auf, noch erhielt er welche; er war abonniert auf eine Tageszeitung, und einmal monatlich brachte ihm die Postbotin eine Kunstzeitschrift ins Haus.

Folkmann sei nicht unfreundlich, aber krankhaft menschenscheu gewesen, lautete das allgemeine Urteil. Außer Haus sah man ihn kaum; nur am frühen Vormittag pflegte er regelmäßig ein paar hundert Meter weit mit kurzen, trippelnden Schritten, oft stehenbleibend und verschnaufend, spazierenzugehen.

Das Dorf Wusterwaldau war klein, von einem Flüßchen, der Werret, durchzogen. Die Häuser waren alt, einige verfielen, denn die Hälfte oder mehr der ursprünglich 940 Einwohner, vor allem jüngere, waren im Lauf der letzten Jahre in Neubauten der nahegelegenen LPG, andere in die Kreisstadt übergesiedelt, weil diese einer chemischen Fabrik, etwa fünf Kilometer oberhalb Wusterwaldaus, näher lag. Viele arbeiteten dort.

Beckers Ermittlungen ergaben, daß der Verstorbene keine Verwandten mehr gehabt hatte; seine Frau war im Krieg umgekommen, Kinder gab es nicht. In Folkmanns Leben fanden sich zwar Absonderlichkeiten, aber keine sogenannten dunklen Punkte.

Er war in jüngeren Jahren mit einigen namhaften, zumeist schon verstorbenen Malern, Bildhauern und Kunstkritikern befreundet oder auch nur näher bekannt gewesen. Bis zum Krieg hatte er mit Gemälden und Grafiken gehandelt und es zu einem gewissen Wohlstand gebracht. Eine Bombennacht vernichtete dann seine kleine Galerie, nahm ihm alles. »Falls er nicht«, fügte Becker hinzu, »einige wertvolle Gemälde, darunter möglicherweise das gestohlene, verlagert hatte. Bis neunzehnhundertneunundvierzig war Folkmann für unsere sowjetischen Freunde als Experte beim Bergen und Überführen gefährdeter Kunstschätze tätig. Danach verdiente er sich seinen Lebensunterhalt als Journalist, speziell als Kunstkritiker. Neunzehnhundertdreiundsechzig wurde sogar ein Buch von ihm veröffentlicht, eine Studie über Veit Stoß und dessen vermutliche Mitarbeiter am Krakauer Altar. Zeitweise«, fuhr Becker fort, »hatte Folkmann auch, bis etwa zu seinem Fünfundsechzigsten, gegen Honorar als Fachberater im Staatlichen Kunsthandel gearbeitet. Ich konnte leider nur eine Person ausfindig machen, die den

Verstorbenen noch persönlich gekannt hat, den heute sechsundfünfzigjährigen, in Berlin lebenden Bildhauer Gerhard Brätschlin. Dieser wußte jedoch nur wenig. Folkmann sei schon früher äußerst zurückhaltend, um nicht zu sagen einsiedlerisch, gewesen. Eines Tages, wann erinnere sich Brätschlin nicht mehr, sei Folkmann plötzlich aus Berlin verschwunden; es ging das Gerücht um, er habe in irgendeinem abgelegenen Dorf ein altes Fachwerkhäuschen gekauft oder gepachtet; dort lebe er ganz für sich inmitten einer Sammlung wertvoller Gemälde.«

Das war alles, was Becker hatte eruieren können, und das war wenig und etwas altmodisch romanhaft. Dennoch stimmte es, ausgenommen die »Sammlung wertvoller Gemälde«, mit den Tatsachen überein. Die »Sammlung« bestand nämlich, abgesehen von einigen Mappen mit Originalgrafiken von Feininger, Dix, Kubin und anderen, lediglich aus dem einen, jetzt gestohlenen Ölgemälde, über das nun sachverständige Konsultanten – rein theoretisch – hin und her stritten. Sie verwarfen zwar nicht die Möglichkeit, daß es sich, wie Folkmann in seinem aus wenigen Zeilen bestehenden, beim Bürgermeister hinterlegten Testament angegeben hatte, um ein originales Werk von Oskar Kokoschka handeln könne, aber sie hielten dies nicht für unbedingt erwiesen.

»Nun, wie dem auch sei«, erklärte Brückner, »jedenfalls mußte der Einbrecher das Gemälde für wertvoll gehalten haben. Doch woher stammte seine Kenntnis? Für die wenigen Einheimischen, die Folkmanns Wohnzimmer gelegentlich betreten hatten, war es ein Einrichtungsgegenstand gewesen wie die alten, von dem Sonderling sorgsam gepflegten Bauernmöbel, die große Bibliothek mit Fachbüchern, eine eisenbeschlagene Truhe oder die Kakteen auf dem Fensterbrett.«

Der Fall schien nicht nur unlösbar, sondern bedeutete für mich und meine Kollegen eine ziemlich erhebliche Mehrbelastung. Lohnte die aufwendige Arbeit überhaupt?

Lorenz informierte sich, um wenigstens etwas zu tun, zunächst über die im Kunsthandel üblichen Praktiken; das war für uns alle drei Terra incognita. Gemälde, Grafiken, Skulpturen, Antiquitäten und Kunstgegenstände, auch gute kunstgewerbliche Arbeiten, wurden meist von privaten Liebhabern und Gelegenheitshändlern irgendwo aufgestöbert und angekauft, oft auch untereinander getauscht. Kostbarkeiten gab es da äußerst selten. Wertvolles landete letztlich fast immer in unseren Staatlichen Museen. Phantasiepreise, die, wie man gelegentlich las, im kapitalistischen Ausland auf Auktionen erzielt wurden, hätte bei uns kein Privatmann zahlen können, denn da ging es oft um Millionen.

Der Staatliche Kunsthandel ist ein solides Unternehmen, das für Liebhaber zwar gelegentlich Wertvolles, jedoch kaum Kostbarkeiten vermittelt und dessen Auslandverkäufe kontrolliert werden. Einen echten Kokoschka hätte man nicht außer Landes gelassen, sondern in die Nationalgalerie oder zu den Neuen Meistern in Dresden gehängt.

Der Einbrecher müßte seine Beute also, wenn das Gemälde tatsächlich echt war (was für uns ja noch keineswegs feststand), illegal über die Grenze schaffen oder schaffen lassen. Das war kompliziert und riskant, überdies, falls drüben nicht bereits ein eingeweihter, sachkundiger Abnehmer wartete und der Verkäufer auf Hehler angewiesen war, eine finanziell fragwürdige Spekulation; denn das Auftauchen eines wirklich kostbaren Gemäldes auf dem internationalen Kunstmarkt ließ sich vor der Fachwelt nicht verheimlichen; und schließlich, welcher private Sammler sollte zu riesigem Preis ein Bild erwerben, dessen Besitz er geheimhalten müßte?

Selbstverständlich sah ich mich in Wusterwaldau aufmerksam um, selbstverständlich hatte ich meine Ohren möglichst überall.

Der alte Dorfkrug, wo ich ein Zimmer gemietet hatte, war ein trübseliger Aufenthalt. Einige seßhafte Skatspieler, fast immer dieselben Knasterbärte, einige Laufkunden, die an der Theke ein Bier oder einen Korn nahmen und bald wieder verschwanden, das war nahezu alles. Jugend verkehrte hier so gut wie gar nicht, sie knatterte auf ihren Feuerstühlen am Krug vorbei, hinauf zur Fabrik, wo ohnehin die meisten arbeiteten; sie fanden bessere Unterhaltung im dortigen Klub oder auf dem Sportplatz. Tagsüber führte ich viele lange und ermüdende Gespräche mit Dorfbewohnern, LPG-Bauern und Fabrikarbeitern, mit alten und jungen Frauen und Männern.

Dabei geschah etwas typisch Dörfliches. Es tauchten Gerüchte aus unbekannter Quelle auf, verdichteten sich und zerfielen beim Nachprüfen. Nur eines hielt sich beharrlich: am Todestag Folkmanns seien zwei unbekannte Männer, beide mit Fahrrädern, mehrmals gesehen worden. Einer habe Folkmann vormittags aufgesucht, nachdem er zuvor, langsam am Flüßchen Werret hin und her gehend, das Ufer besichtigt hatte. Auf dem Rücken habe er eine dunkelgrüne, längliche Hülle mit Anglergerät getragen. Eine andere Version lautete, er habe sogar in der Werret geangelt und dann erst Folkmann aufgesucht.

Der zweite Radler sei gegen Mittag in den Dorfkrug gekommen, habe dort, ohne mit jemand zu sprechen, über eine Stunde lang bei einem Glas Bier am Fenster gesessen, dann sei er plötzlich sehr eilig hinausgelaufen und fortgefahren. Anglergerät habe er nicht mit sich geführt. Kurz vorher jedoch, das wollte der Wirt genau gesehen haben, sei der andere Mann, zweifellos vom Haus des abends Verstorbenen kommend, langsam am Fenster vorbeigeradelt.

Nun, jeder Kriminalist weiß, daß Beobachtungen meist ganz zufälliger Belanglosigkeiten nach einem aufregenden Ereignis (und das ist im Dorf ein Todesfall mit nachfolgendem oder gar gleichzeitigem Einbruch) in willkürliche Zusammenhänge gebracht, phantasievoll ausgebaut, mit Erfundenem ergänzt werden und schließlich zu bedeutungsvollen Vorgängen anwachsen. Leider müssen wir derartigen Gerüchten und Kombinationen nachgehen, und sei es nur, um bei unseren weiteren Ermittlungen Irreführendes auszuschalten.

Ich provozierte den Wirt, einen geschwätzigen Faulpelz: »Hier kommen doch tagsüber viele Radfahrer vorbei.«

»Wenn sie aus der Gegend sind, kenne ich sie. Ich kenne jeden. Das waren zwei Fremde.«

»Wie sahen die denn aus?«

»Der hier das Bier getrunken hat, der kam mir gleich ein bißchen sonderbar vor. Er hat nämlich im voraus gezahlt. Wer tut denn das? Ich hab mir gleich gedacht, daß er auf jemand wartet, weil er immerzu aus dem Fenster geguckt hat. So an die Sechzig war er, würde ich sagen. Nein, einen Bart hatte er nicht, aber er trug eine Brille. Einen gewöhnlichen alten Anzug hatte er an, grau, etwas grünlich. Ein Halstuch, keinen Schlips, trotzdem, er war ein Städter. Wie groß? Na, gut einen Kopf größer als ich, mindestens eins achtzig. Und ziemlich mager, beinahe klapprig.«

»Und der andere, der draußen vorbeifuhr?«

»Genau das Gegenteil. Wohlgenährt, sogar dick, würde ich sagen. Nicht groß, eher klein. Regenmantel. Gesicht habe ich nicht gesehen. Aber Angelzeug hatte er umgehängt. Die Tasche vorn auf der Lenkstange.«

»Woraus schließen Sie, daß er von Herrn Folkmann kam?«

»Woher sollte er sonst kommen?«

»Sie vermuten es also nur.«

»Nein, jemand hat es mir erzählt, hab nur vergessen, wer. Er hat auch vormittags dort geangelt, stundenlang.«

»In der Werret?«

»Klar, wo denn sonst? Gegenüber von Folkmanns Haus. Und nachdem er hier vorbeigefahren war, hat er sich mit meinem Gast getroffen.«

»Auch das vermuten Sie nur?«

»Gottbewahre, nein, das weiß ich. Die Bölsche Fränze hat es gesehen.«

Ich ging dieser Sache sogleich nach.

Franziska Bölsche, eine LPG-Bäuerin, hatte, vom Feld heimkehrend, tatsächlich die beiden Fremden zusammen gesehen. Etwa einen Kilometer außerhalb des Dorfs saßen sie am Straßenrand vor einem Holundergesträuch und unterhielten sich. Die Fahrräder lagen im Gras. Als Frau Bölsche vorüberging, schwiegen sie, einer gab dem anderen Feuer für seine Pfeife.

»Dabei hielt der eine, so ein länglicher Dünner, seinen Hut gegen den Wind, aber nur« – so meinte Frau Bölsche den Vorgang nachträglich bedeutsamer machen zu müssen –, »damit ich die Gesichter nicht sehen sollte.«

»Haben Sie sie trotzdem gesehen?«

»Nein, eben nicht. Nur, daß der Lange eine Brille aufhatte. Sie glitzerte.«

»Wann war das?«

»Gegen Mittag.«

Das deckte sich zeitlich mit der Auskunft des Wirts. »Am Montag?«

»Ja, an dem Tag, als Herr Folkmann starb. Deshalb erinnere ich mich so genau.«

Die Todesstunde Folkmanns stand (allerdings nach dem Urteil des kriminalmedizinisch unerfahrenen Kreisarztes) einigermaßen fest: zwischen zwanzig und vierundzwanzig Uhr. Nach Frau Bölsches offenbar zutreffender Bekundung hatten also die beiden Radfahrer nichts mit dem Tod Folkmanns und kaum etwas mit dem Einbruch zu tun, denn der mußte logischerweise später, also nachts, erfolgt sein.

Nachmittags war Folkmann, wie eine Nachbarin schon dem Abschnittsbevollmächtigten berichtet hatte, bestimmt zu Hause gewesen. Mehrmals hatte er sich für längere Zeit, zuletzt noch gegen neunzehn Uhr, in seinem Gärtchen am Spalierobst zu schaffen gemacht.

Ohne Hoffnung, etwas Neues zu erfahren, befragte ich diese Nachbarin noch einmal.

Sie war eine robuste, ziemlich maulfaule Frau. Sie wiederholte, was sie bereits ausgesagt hatte, und fügte einige belanglose Einzelheiten hinzu. Ich mußte alles aus ihr herausholen, von sich aus sagte sie nichts. Ich wollte schon gehen, da fiel mir ein, mich noch nach den Radfahrern zu erkundigen. »Haben Sie einen der beiden Männer gesehen, von denen jetzt so viel gesprochen wird?« Und da sie abweisend das Gesicht verzog, sagte ich drängender: »Einer soll doch vormittags hier am Flußufer umhergelaufen sein.«

»Davon weiß ich nichts. Da war ich auf Arbeit. Aber abends hat da drüben einer geangelt.«

Ich fragte ziemlich verblüfft: »Abends?«

»Ja.« Sie nickte. »Dort drüben am anderen Ufer stand er, neben dem Steg, vor der Hängeweide.«

»Wann?«

»Zuletzt ungefähr um acht Uhr. Es wurde schon dunkel.«

»Von wann an?«

»Das weiß ich nicht. Zuerst sah ich ihn gegen sieben, als ich am Kaninchenstall war.« Und zum erstenmal fügte sie etwas von sich aus hinzu: »Ich hab mich ein bißchen gewundert, denn Angler hab ich hier ewig keine mehr gesehn.«

Eine Personenbeschreibung konnte sie nicht geben, lediglich daß der Mann eine Brille trug und »groß und überschlank« ausgesehen habe.

Also doch ein Zusammenhang. Ja, die Dorfgerüchte ...

Aber halt, da stimmte doch etwas nicht? Der Mann mit dem Angelgerät, der angeblich vormittags Folkmann nach »stundenlangem« Angeln aufgesucht hatte, war doch klein und dick, keineswegs »groß und überschlank« gewesen. Er trug auch keine Brille. Was stimmte da nicht? Wer log – und weshalb?

Gemeinsam mit meinen Genossen Becker und Lorenz überprüfte ich nochmals gründlich die Umgebung des Tatorts. Es gab keinerlei Spuren. Wir fanden auch keine, als wir über den Steg ans andere Ufer der Werret gegangen waren und dort systematisch den Boden absuchten. Der Angler, dessen genauen Standort (vor der Trauerweide) ich ja kannte, hatte keine Fußabdrücke, Zigarettenstummel, Pfeifenasche oder dergleichen hinterlassen.

Becker schlug vor: »Wir müssen vorsichtig im Dorf herumhören, wer überhaupt angelt.«

»Bestimmt niemand«, sagte ich. »Überdies wissen wir, daß der angebliche Angler mit dem Fahrrad von außerhalb gekommen ist.«

»Sein Standort war ideal«, sinnierte Lorenz halblaut vor sich hin. »Von hier aus konnte er Folkmanns Häuschen genau beobachten. Ebenso das Haus der Nachbarin und nach beiden Seiten den Landweg. Wenn Gefahr drohte, konnte er seinen Komplizen sofort warnen.«

»Der Mann konnte ebenso«, warf Becker ein, »ohne einen Mittäter zu haben, hier den günstigsten Zeitpunkt für den Einbruch abwarten. Dann brauchte er nur über den Steg zu gehen, sich das Gemälde anzueignen, zurückzukehren und wegzuradeln.«

»Stimmt«, bestätigte ich. »Es ist aber nicht anzunehmen, daß Folkmann schon um zwanzig, meinetwegen auch um einundzwanzig Uhr so fest schlief, daß er nichts gehört haben sollte. Er war, wie wir wissen, ein mißtrauischer, menschenscheuer Mann, der Tür und Fenster bestimmt stets sorgfältig schloß. Also war er bereits tot, als der Einbruch erfolgte? Dem widerspricht eine andere Tatsache: Die Haustür war, wie anderntags einwandfrei festgestellt wurde, nicht erbrochen, das Sicherheitsschloß unversehrt, ohne jede Schramme, und der Schlüssel steckte von innen. Die Tür wurde erst am Dienstagnachmittag unter Aufsicht des Genossen Darre von einem Schlosser der LPG geöffnet, nachdem die Briefträgerin aufgeregt mitgeteilt hatte, es sei ganz ungewöhnlich, daß das Haus vormittags gegen elf Uhr noch verschlossen sei. Sie habe lange und laut gegen die Tür gepoltert, aber Folkmann, der sonst sofort herauskomme, wenn sie ihm seine Kunstzeitschrift bringe, habe sich nicht gerührt; das sei doch sehr verdächtig.«

»Ist, einmal abgesehen von dem strangulierenden Strick, der Herzinfarkt wirklich erwiesen?«

»Zweifellos. Sie kennen doch den Befund des Gerichtsmedizinischen Instituts. Zudem hat der hiesige Kreisarzt, von mir abermals befragt, erklärt, daß sich das Herzleiden seines Patienten im letzten Jahr wesentlich verschlimmert habe. Sein Zustand sei bedenklich gewesen; und da genüge manchmal schon ein heftiger Schreck oder eine andere ungewöhnliche Erregung, um den Infarkt auszulösen. Wenn dann nicht sofort Hilfe komme ... Vergessen wir nicht: Folkmann war über siebzig.«

»Ich suche noch«, sagte Lorenz nach einer Pause, »den Zusammenhang mit dem Angler.«

»Der Mann war keiner«, antwortete ich. »Kein

Angler, das weiß ich bestimmt. Ich bin nämlich selbst einer.«

»Und ...?«

»In diesem Flüßchen gibt es schon seit Jahren keine Fische mehr. Das sieht ein Angler auf den ersten Blick. Die Abwässer der chemischen Fabrik haben längst alles Lebendige ausgerottet.«

Es stand also fest: Die Angelei war, sehr ungeschickt sogar, nur vorgetäuscht worden. Einer der Gemäldediebe – und zwar der kleine Dicke – hatte vormittags das Gelände erkundet und dann, wenn die Vermutung des Wirts stimmte, Folkmann in seinem Häuschen aufgesucht. Weshalb? Möglicherweise nur, um sich einen Überblick am eigentlichen Tatort zu verschaffen. Der Mann hatte wahrscheinlich um eine belanglose Auskunft gebeten, ein Unwohlsein vorgetäuscht, nach einer Adresse gefragt oder dergleichen.

»Er könnte auch mit Folkmann von früher her bekannt gewesen sein«, überlegte Lorenz. »Oder er konnte Folkmann etwas von einem gemeinsamen Bekannten bestellt haben, etwa von diesem ... Wie heißt doch der Bildhauer in Berlin?«

»Gerhard Brätschlin«, antwortete Becker sofort und fügte in seiner trockenen Art hinzu: »Brätschlin ist etwa eins achtzig groß, Brillenträger und auffallend hager.«

Wir blickten einander nachdenklich an. »Jedenfalls«, sagte ich, »wird es zweckmäßig sein, Genosse Becker, wenn Sie sich noch mal genauer mit diesem Brätschlin befassen. Und nun«, fuhr ich fort, »wollen wir den vermutlichen Rückweg der Täter verfolgen. Wenn hier abends der eine – und zwar war es nun sonderbarerweise nicht der dicke, sondern der als lang und schlank geschilderte Angler – sein Fahrrad abgestellt hatte, ist anzunehmen, daß auch das andere hinter der Weide lag, denn es wäre doch unklug gewesen, wenn der Mann, der Schmiere stand, nach der Tat über den Steg gefahren wäre, sich drüben mit dem Täter vereinigt hätte und beide dann überflüssigerweise noch einmal durchs ganze Dorf geradelt wären. Auf diesem Ufer hingegen bestand kaum Gefahr, gesehen zu werden – überall Ackerland, Feld und zu beiden Seiten des Pfads viele Büsche, nach rund hundertfünfzig Metern ein Wäldchen.«

Wir gingen langsam den Feldweg, eigentlich nur einen schmalen Trampelpfad, entlang, ich in der Mitte, Becker und Lorenz zu beiden Seiten auf der Grasnarbe, wo sie jeden Busch, jeden größeren Placken Unkraut untersuchten. Ich forschte – bei dem trockenen, festen Lehmboden leider vergeblich – nach Reifenspuren. Überdies konnten inzwischen andere Personen hier entlanggeradelt sein; es war sogar anzunehmen.

Kurz bevor wir das Wäldchen erreichten, rief uns Lorenz lebhaft winkend an ein Gebüsch, das sich inmitten hoher Schierling- und Brennesselstauden erhob. Dort hinein hatten die Täter den Bilderrahmen geworfen. Aber wir fanden noch mehr, nämlich eine fabrikneue Multirolle neuester Konstruktion, eine Köderdose aus Plast mit vertrocknetem Inhalt, einen zusammenlegbaren Kescher, eine dreiteilige Glasfiberrute, zwei Tütchen voller Reservehaken, ein Döschen mit Bleikugeln und schließlich vier farbenprächtige Schwimmer verschiedener Art und Größe – ein bißchen viel Aufwand für eine Angelpartie in einem Flüßchen wie der fischlosen Werret ...

»Sie haben die Tasche geleert, um das zusammengerollte Gemälde darin unterzubringen«, mutmaßte Lorenz.

Ich nickte. »Stellen wir die Fundstücke sicher.«

Wir kehrten nach Berlin zurück.

Eine langweilige, leider notwendige Kleinarbeit begann. Wir teilten sie unter uns auf. Ich hatte Glück, denn schon im sechsten Geschäft für Anglerbedarf – es war ein Privatlädchen für Jagd- und Fischfanggeräte – erinnerte sich der Inhaber deutlich an einen »älteren Herrn, gut angezogen, sehr groß und schlank, Brillenträger«, der offenkundig keine Ahnung vom Angeln hatte und sich von ihm »eine komplette Ausrüstung« einschließlich Leinentasche und Rutenhülle zusammenstellen ließ. »Nur vier bunte Schwimmer wählte sich der Kunde ganz unsachgemäß selbst aus.«

Ich legte dem Zeugen unsere Fundstücke vor. Die Schwimmer identifizierte er sogleich mit Bestimmtheit, die anderen Stücke (schon in ihrer Zusammenstellung) mit großer Wahrscheinlichkeit.

Daraufhin bestellten wir den Bildhauer Gerhard Brätschlin, der, wie Becker ermittelt hatte, schon seit Jahren ohne Atelier und erkennbare berufliche Tätigkeit in einer eleganten Vierzimmerwohnung voller Skulpturen und Gemälde lebte, zu uns ins Präsidium.

Natürlich wollte er zunächst von nichts etwas wissen. Robert Folkmann? Gewiß, den habe er früher einmal gekannt, aber er erinnere sich kaum noch an ihn. Ob er, Brätschlin, Angler sei? Er lächelte höflich und tat ein bißchen weltfremd. »Aber nein, meine Herren, wie sollte ich?« Doch in den hellen Augen hinter der Brille war plötzlich ein gewisses Flirren, das ich im Kulminationspunkt schon so mancher Vernehmung hatte beobachten können.

Da drückte ich auf den Knopf der Schnarre.

Brätschlins Körper versteifte, als ich zu unserer eintretenden Sekretärin sagte: »Den Zeugen, bitte.«

Der Inhaber des Sportgeschäfts, der sich draußen für die Konfrontation bereitgehalten hatte, kam herein.

Da war es mit Brätschlins Selbstbeherrschung vorbei. Er gab auf und gestand. Wenigstens teilweise.

Der Plan stammte von seinem Partner. Der heiße Viktor Donner. Ja, er sei klein und rundlich, im übrigen aber ... der große Unbekannte. Wo er wohne, ob er überhaupt eine Wohnung in Berlin habe, das wisse er, Brätschlin, nicht, er habe ihm lediglich dann und wann Ölgemälde und Aquarelle verkauft, völlig legal selbstverständlich, davon lebe er. Gute Bilder, gewiß, aber keine besonders wertvollen. »Die könnte sich ja«, meinte Herr Brätschlin mit einer gewissen Herablassung, »in der DDR ohnehin kein Privatmann leisten.« Vor etwa einem Monat habe ihm Donner zu verstehen gegeben, er kenne in München, wohin er öfter fahre ...

»Einen Augenblick mal. Wieso kann Herr Donner nach München fahren?«

»Ich weiß nicht. Geschäftlich vermute ich. Er muß wohl solche Papiere haben.« Brätschlin erkannte, daß er sich verplappert hatte, und wurde sehr nervös. Dünne Schweißtropfen traten auf seine Stirn. Unentwegt putzte er seine Brille. Endlich stammelte er: »Mir sagte er, er hätte dort eine zweite Wohnung.«

»Was Sie natürlich ganz in Ordnung fanden? Nicht ein bißchen sonderbar?«

»Ich ... ich ...«

»Lassen wir's gut sein. Darüber wird uns Herr Donner bestimmt noch einiges zu sagen haben«, warf ich beiläufig hin.

Brätschlins abermaliges Erschrecken war unverkennbar. Unwillkürlich wandte er sich zur Tür, als könne Donner dort plötzlich hereingeführt werden. Man sah ihm an, daß er am liebsten gefragt hätte, ob sein Komplize verhaftet sei und womöglich schon gestanden habe.

Ich nutzte seine Verwirrung. »Erzählen Sie weiter«, drängte ich. »Wie war das mit München?«

»Donner sagte mir, er stände dort mit einem Händler in Verbindung, der ständig wertvolle Stücke suche und hoch bezahle. Da ist mir eingefallen, daß Folkmann noch den Kokoschka besitzen könnte. Donner sprang sofort darauf an. Da wurde ich leider schwach ...«

»Schwach, nun ja, so kann man's auch nennen. Weiter. Was geschah dann?«

Brätschlin, offensichtlich erleichtert, weil er den kritischsten Punkt des Verhörs überwunden glaubte, tat nun das, was überführte Gauner beim ersten Verhör oft zu tun pflegen: In der dummen Hoffnung, von ihrer Person ablenken zu können, indem sie ihre Komplizen belasten, erzählte er zunächst umständlich und fahrig gestikulierend, dann, da ich ihn nicht unterbrach, allmählich konzentrierter, aber auch vorsichtiger. »Donner stellte seinen Volkswagen in meiner Garage unter und fuhr mit meinem Wartburg nach Wusterwaldau. Ein ziemliches Stück abseits vom Haus Folkmanns hielt er und bat eine junge Frau, die gerade beim Blumengießen war, ihm die Kanne zu leihen. Sein Kühler sei leck. Er hatte vorher Wasser abgelassen. Das Nachfüllen müsse, damit der Motor nicht leide, langsam geschehen, sagte er und kam so mit der jungen Frau ins Gespräch. Natürlich erwähnte er sehr bald das schöne Fachwerkhäuschen dort unten am Fluß und fragte nach dessen Bewohner. Ja, erzählte die Frau bereitwillig, das sei ein komischer Kauz, ein gewisser Folkmann. Der führe seinen Haushalt selber, koche sogar für sich, schon seit einem Jahr habe er keine Reinemachefrau mehr.

Dabei sei er krank, aber der Arzt käme nur ganz selten. Aus der Kreisstadt. Wenn der alte Herr nicht in seinem Gärtchen herumbastele, lese er Bücher und begucke – die Frau lachte – stundenlang Bilder wie ein kleines Kind. Ob er denn nicht auch Bilder an der Wand hängen habe, fragte Donner obenhin. Nein, nur eins, antwortete die Frau, ein handgemaltes, irgend so einen ollen Mann. Mehr wollte Donner gar nicht wissen.«

»Das genügte ja auch.«

»Ja.«

Brätschlin hatte sodann auf Anraten Donners das Angelgerät gekauft, und montags fuhren beide, als zünftige Angler gekleidet, nach Wusterwaldau.

Die weiteren Vorgänge hatten wir, wie sich nun herausstellte, ziemlich richtig kombiniert. Donner überprüfte vormittags zunächst die Umgebung des Tatorts (wobei er als Angler gesehen worden war); er begab sich anschließend zu Folkmann und überbrachte diesem Grüße von Brätschlin. »Es war ein Brief von ein paar Zeilen.« Dabei überzeugte sich Donner, wo im Zimmer das Gemälde hing. Beim Hinausgehen achtete er auf das Schloß. Es war ein Patentschloß, das beim Zuziehen der Tür automatisch einschnappt, von einem Nichtfachmann kaum mit einem Dietrich zu öffnen. Wenn Donner also abends nochmals ins Haus wollte, mußte er klopfen, denn daß der menschenscheue Folkmann seine Tür nicht zuverlässig sicherte, war ausgeschlossen. »Aber Donner«, erklärte Brätschlin, »hatte vorgesorgt, daß alles ohne Lärm oder lautes Reden ablief.«

»Wie?«

»Er hatte vormittags seine Brieftasche, der er mein Briefchen entnahm, absichtlich auf dem Tisch liegenlassen und sich, ehe ihn Folkmann zurückrufen konnte, schnell entfernt. Folkmann mußte also annehmen, daß sein Besucher, wenn er den Verlust bemerkte und sich besänne, bestimmt zurückkehren würde.«

Ich nickte. »So geschah es dann am Abend, während Sie am anderen Ufer der Werret die Fahrräder bereithielten und Schmiere standen?«

»Ja. Aber was sich im Haus abgespielt hat, weiß ich nicht. Wirklich, Herr Brückner, ich weiß es nicht! Das hat mir Donner nicht erzählt. Er schnitt mir, als ich danach fragte, schroff das Wort ab und drängte aufgeregt zur Eile. Erst als mich dann Ihr Mitarbeiter Becker in Berlin aufsuchte, erfuhr ich zu meinem Schrecken, daß Folkmann tot war. Von dem Augenblick an hatte ich keine ruhige Minute mehr.«

»Wo befindet sich das Gemälde?«

»Das ... Donner hat es.«

»Sie lügen, Herr Brätschlin!«

Seine Widerstandskraft war nur noch gering. Als ich mit Hausdurchsuchung drohte, führte er mich hin. Es lag, noch zusammengerollt im Anglerbeutel, hinten in seinem Kleiderschrank. Donner, so erklärte Brätschlin nunmehr, wolle es erst abholen kommen, wenn er mit dem Geschäftsfreund in München wegen des Preises einig geworden wäre.

»Schriftlich?«

Er zuckte die Achseln. »Ich weiß es nicht.«

Wir nahmen Brätschlin wegen Verdunklungsgefahr in Haft. Becker und Lorenz wurden unauffällig in seine Wohnung einquartiert. Sie lösten einander ab. In der Garage stand immer noch der Volkswagen, seine Zulassungsnummer war, wie wir leicht feststellen konnten, gefälscht. Über Viktor Donner erfuhren wir zusätzlich Interessantes: Nachdem er in der Bundesrepublik wegen Urkundenfälschung und Betrugs einige Jahre Haft hinter sich gebracht hatte, war er bei uns schon zweimal wegen Diebstahls eingesperrt gewesen.

Am vierten Tag abends ging er in die Falle. Seine Verhaftung nahm er gelassen hin, er seufzte nur resignierend und griente dann frech. »Pech gehabt«, sagte er und streckte Becker die Handgelenke entgegen.

Als er mir vorgeführt wurde, war es allerdings mit seiner ganovenhaften Unbekümmertheit vorbei. »Ich habe ihn nicht ermordet, nein, nein, nein!« schrie er. »Das können Sie mir nicht anhängen!«

Ruhig und leise antwortete ich ihm: »Herr Donner, Sie sind, was Polizei, Justiz und Strafvollzug anlangt, ein erfahrener Mann. Abgesehen davon, daß Ihr Komplize bereits ein volles Geständnis abgelegt hat, wissen Sie, daß dies auch für Sie das klügste ist. Wir sind, da es überdies noch weitere Zeugen und ein gerichtsmedizinisches Gutachten gibt, ohnehin über alles informiert. Wir möchten von Ihnen nur die Bestätigung hören. Wollen Sie aufrichtig aussagen?«

»Ja, ich will«, antwortete er entschlossen und begann zu erzählen. Bis zum Betreten des Folkmannschen Hauses am Abend stimmte seine Darstellung mit allem überein, was wir schon ermittelt hatten. Er erzählte flott und formulierte überraschend präzis, aber die Art, wie er das tat, war widerlich; mit falschem Biedermannston suchte er sich einschmeichelnd lieb Kind zu machen, zwischendurch grinste er pfiffig und gab sich humorig, und unter allem verbarg sich Brutalität und die gelegentlich hervorbrechende Eitelkeit des schmierigen Dummkopfs, der sich für klug hält und überzeugt ist, daß er lediglich »Pech gehabt« hat.

»Gegen halb zehn«, erzählte er, »öffnete mir Folkmann, nachdem ich leise geklopft und gefragt hatte, ob ich vielleicht meine Brieftasche bei ihm liegengelassen hätte. Er möchte die Störung entschuldigen, sagte ich. Er führte mich ins Zimmer. Hier ist sie, sagte er und gab sie mir. Der Brief Brätschlins lag noch nebenan auf dem Tisch. Als ich auch den an mich nahm, wollte Folkmann etwas einwenden. Da ging ich auf die harte Tour. Finger weg! knurrte ich ihn an und griff in meine Tasche. Darin hatte ich einen Strick und einen Lappen, um ihn zu fesseln und ihm den Mund zuzubinden. Er wurde blaß und fing an zu zittern. Keinen Laut! sagte ich. Danach war ihm sowieso nicht zumute, er tat mir sogar ein bißchen leid. Aber es war auch irgendwie komisch. Ich zog den Strick heraus. Als Folkmann das sah, gab er einen Laut von sich, als wolle er schreien und könne es nicht. Er ließ seinen Kopf vornüber fallen, als möchte er es mir recht bequem machen mit dem Strick. Doch der war doch gar nicht dafür, sondern für die Hände. Ich dachte zuerst: Er ist vor Angst ohnmächtig geworden. Aber er röchelte so ulkig. Da verlor ich die Nerven, das können Sie mir glauben! Ich warf ihm den Strick wie ein Lasso über den Kopf und zog ihn mit einem Ruck zu.«

Donner zuckte die Achseln und grinste, als ob er ein kleines, etwas peinliches Versehen zu entschuldigen bitte. »Kurz gesagt, Sie wollten den wehrlosen alten Mann erdrosseln.«

»Nein.« Donner schüttelte den Kopf. »Nein, eigentlich nicht. Bestimmt nicht. Ich weiß heute noch nicht, was ich wollte. Ich drehte durch. Vielleicht dachte ich: Du mußt verhindern, daß der Alte schreit. Ich faßte ihn unters Kinn und hob seinen Kopf hoch. Ich drückte ihn gegen die Rücklehne des Ohrensessels. Da erschrak ich furchtbar, denn das Gesicht war zum Fürchten: ein Auge zu und das andere ganz weit auf, als wollte es rausspringen, und der Mund schief gezogen, die Kinnlade hing runter wie manchmal bei einem Knockout.«

»Warum haben Sie den Strick nicht sofort entfernt? Das hätte doch nahgelegen.«

»Ich weiß es nicht, ich weiß es wirklich nicht, Herr Kriminalkommissar; Folkmann atmete noch, es war, wie wenn eine Ratte pfeift. Mir gruselte es. Mit so was hatte ich überhaupt nicht gerechnet. Ich sollte noch die Kunstmappen in einer

Kommodenschublade suchen, aber dazu hatte ich nicht mehr die Nerven. Nur rasch weg, dachte ich. Ich hängte das Gemälde ab und verließ das Haus.«

»Die Tür zogen Sie hinter sich zu, den Schlüssel hatten Sie von innen steckenlassen.«

Donner nickte. »Leider ja«, sagte er. »Erst als ich über den Steg lief, überlegte ich, ob es, wenn Folkmann etwas Ernsthaftes zugestoßen war, nicht besser gewesen wäre, die Tür weit offenzulassen.«

»Wir werden sehen, Herr Donner«, sagte ich, »ob der Staatsanwalt sich in seiner Anklage auf den schweren Einbruchsdiebstahl beschränken oder ob er Sie nicht zusätzlich wegen Totschlags oder Bedrohung mit tödlichem Ausgang belangen wird. Daß Sie Herrn Folkmann, wenn auch indirekt, ermordet haben, sollte Ihnen Ihr Gewissen sagen.« Meine juristisch wenig fundierte Moralpredigt machte jedoch keinen Eindruck auf ihn. Er zuckte nur die Achseln und fragte, ob er rauchen dürfe.

Manuela ging tanzen

Der Tatbestand schien einfach, nur das Motiv fehlte. Die achtundvierzigjährige unverehelichte Postangestellte Manuela Haßlang hatte Selbstmord begangen. Sie wurde frühmorgens in einem dichten Parkstreifen nah einem Vergnügungslokal gefunden. In ihrer Handtasche befanden sich rund 70 Mark, sie trug noch Ring und Ohrgehänge, beides von einigem Wert. Der Obduktionsbefund besagte: Vergiftung durch eine Zyanverbindung.

Die ersten Ermittlungen meines Mitarbeiters Lorenz ergaben wenig. Die nicht sehr ansehnliche Frau hatte bis etwa vierundzwanzig Uhr in dem Tanzlokal, das fast ausschließlich von der älteren Generation frequentiert wurde, den ganzen Abend (etwa seit neunzehn Uhr) mit einem Mann, schätzungsweise fünfundvierzig Jahre alt, an einem Tisch gesessen und mehrmals mit ihm getanzt. Weder die Kellnerin noch andere Befragte konnten mit Bestimmtheit sagen, ob beide das

Lokal gemeinsam verlassen hatten. Der Mann, sagten die Büffettfrau und zwei Stammgäste aus, sei vordem nie im Lokal bemerkt worden, die Frau jedoch öfter, und zwar jedesmal in Abständen mit einem anderen Partner, im Verlauf ungefähr eines Vierteljahrs mit drei oder vier verschiedenen Männern. Diese konnten nur ungenau beschrieben werden; auch die Beschreibung des letzten war dürftig. Er war dicklich, etwa zehn Zentimeter kleiner als die Tote (was für uns hieß: ungefähr 1,65 m), unauffällig gekleidet, das Gesicht bartlos, Halbglatze, Haarfarbe unbestimmt.

Offenbar hatte niemand sonderlich auf das Paar geachtet, denn weitere Gäste, die Lorenz geschickt und schnell ausfindig machte – Witwer und Ehemänner, Witwen und Geschiedene, unverheiratete ältere Semester sowie eine Ehefrau, deren Mann verreist war, insgesamt elf Zeugen –, sagten ziemlich übereinstimmend aus, das Paar habe sich nicht gerade lebhaft unterhalten, hauptsächlich Walzer getanzt; Auffallendes hatte niemand bemerkt, lediglich die erwähnte Strohwitwe wollte gesehen haben, daß halb zwölf Uhr ein junger Mann an den Tisch getreten sei. Er müsse wohl einen Brief abgegeben haben, denn als er fort war, habe Manuela Haßlang ein Papier in der Hand gehabt und gelesen. Ihr Partner, meinte die Zeugin, habe zu dieser Zeit nicht am Tisch gesessen.

Ein erstaunliches Ermittlungsergebnis brachte uns Becker: Fräulein Haßlang war seit mehr als zehn Jahren in einem mittelgroßen Postamt tätig gewesen. Die dortigen Kolleginnen und Kollegen wollten kaum glauben, daß die stille, überaus fleißige, manchmal pedantische und altjüngferlich empfindsame Manuela Haßlang überhaupt jemals tanzen gegangen sei, das passe – wie übrigens auch ihr bombastischer Vorname – absolut nicht zu ihr. Ob sie beliebt gewesen sei? Von allen Befragten sinngemäß die gleiche Antwort: Beliebt sei nicht das richtige Wort, wohl aber geachtet.

Niemand wählt den Freitod ohne starkes Motiv. Aber bis jetzt stand nur eines fest: Manuela Haßlang hatte, geschickt getarnt, ein Doppelleben geführt.

Wir verfügen natürlich über gewisse Erfahrungen. Das lückenhafte Material, was uns vorlag, deutete – allerdings sehr unbestimmt – auf einen Fall von Heiratsschwindel mit tragischem Ausgang.

Was sprach dafür? Das überalterte Fräulein war auf der Suche nach einem Mann gewesen. Indizien besagten es: ihre Reizwäsche, ihr apartes Kleid, das sie im Dienst so wenig trug wie ihr wertvolles Ohrgehänge. Sodann die Tatsache, daß sie gerade in diesem Tanzlokal, einem bekannten »Treffpunkt der reiferen Jugend«, mit verschiedenen Partnern gesehen worden war.

Ihr Doppelleben schien in diesem Zusammenhang typisch. Die unansehnliche Frau hatte schwere Hemmungen, ihr Verhalten im Dienst war deshalb, wie die Psychologen sagen, eine Überkompensation. Frauen, die auf Heiratsschwindler hereinfallen, und das sind leider mehr, als man gemeinhin annehmen möchte, haben entweder immobilen Besitz – eine schöne Wohnung, ein Haus, ein Geschäft – oder aber, von Heiratsschwindlern weit mehr geschätzt, Ersparnisse. Denn dabei ergeben sich beim Abheben keine nennenswerten Schwierigkeiten, vor allem kann der Betrüger mehrere Opfer hintereinander oder sogar gleichzeitig ausplündern. Meist schämen sich die Opfer, Anzeige zu erstatten.

Ich beauftragte Becker, umgehend zu ermitteln, ob und wo Fräulein Haßlang Geld deponiert gehabt hatte. Daß es inzwischen abgehoben worden war, schien uns gewiß. Deshalb konnte auch der Mann, der sie in den Tod getrieben oder ermordet hatte, seinem Opfer den Schmuck und die 70 Mark belassen.

Wie aber war Fräulein Haßlang – als Postangestellte – zu dem tödlichen Gift gekommen?

Ihr Liebhaber konnte es ihr als Praline oder als Medikament ausgehändigt und sich dann schnell entfernt haben. Denn es war doch sehr merkwürdig, daß eine Frau von der Art Manuela Haßlangs, falls sie sich bewußt selbst töten wollte, dies nicht möglichst unauffällig daheim getan haben sollte, statt in einem öffentlichen Park. War sie dorthin allein gegangen? Oder mit einem Erpresser? Ihrem Mörder? Wenn es uns gelänge, den ominösen Tanzpartner ausfindig zu machen, wären wir bestimmt einen großen Schritt weiter. Welchen Beruf hatte dieser Mann? Vielleicht Chemiker, Mediziner oder dergleichen?

Er war – Bäckermeister, Inhaber eines kleinen Geschäfts. Wir brauchten ihn gar nicht aufzuspüren, er meldete sich sofort selbst, als er vom Tod Manuela Haßlangs erfuhr. Er war entsetzt über den Selbstmord. Seine Aussage war klar, nachprüfbar und warf alle unsere Kombinationen über den Haufen.

Er hieß Manfred Lange und war seit fünfzehn

Jahren verwitwet. Ein Freund hatte ihm den Besuch des Tanzlokals angeraten, es sei, wie der Ratgeber sich ausdrückte, der »ideale Heiratsmarkt, ganz unverbindlich und überdies vergnüglich«. Als Herr Lange seine Garderobe abgab, traf er dort zufällig mit Fräulein Haßlang zusammen. Beide betraten, ohne sich miteinander bekannt gemacht zu haben, den Saal und setzten sich abseits an einen kleinen Tisch, weil gerade kein anderer frei war Erst dort kamen sie ins Gespräch. Sie tanzten auch öfter. Unterhalten hätten sie sich über lauter Alltagskram, keiner von beiden habe detailliert über seine persönliche Situation gesprochen. »Ich sagte nur, ich sei Geschäftsmann, Witwer, und sie sagte, sie sei Angestellte und ledig, das war in dieser Hinsicht so ziemlich alles. Die Frau gefiel mir nicht. Ich war auch sehr enttäuscht von dem angeblichen Heiratsmarkt. Gegen Mitternacht gingen wir zur Garderobe. Sie ließ sich ihre Sachen geben. Ich mußte noch warten, weil sich ein offenbar angeheitertes Paar zwischen uns gedrängt hatte. Sie verabschiedete sich, und das war mir sehr lieb, denn ich brauchte sie nicht zu begleiten. Vielleicht«, schloß er achselzuckend, »wäre es besser gewesen, und sie lebte noch.«

Ich fragte den Zeugen, ob ihm im Benehmen oder Wesen der Frau etwas aufgefallen wäre. »Ja«, antwortete er. »Aber erst später, so gegen halb zwölf. Ich war austreten gegangen, und als ich zurückkam, zerriß sie ein Stück Papier in ganz kleine Fetzen, die sie – was mir übrigens ein Greuel ist – in den Aschbecher warf. Vorher war sie ganz ruhig, ich möchte sagen normal, gewesen, aber von nun an tat sie übertrieben lustig, zwischendurch aber starrte sie minutenlang vor sich hin, wie abwesend. Wir tanzten noch zweimal, aber das war alles andere als ein Vergnügen. Ich hielt die Frau für hysterisch, und das ist nun gar nicht mein Fall.«

Ich konfrontierte Herrn Lange mit der Garderobenfrau. Sie erinnerte sich sogleich. »Ja, das stimmt«, bestätigte sie, »dieser Herr ist später weggegangen als die Dame. Richtig, sie hat sich vorher von ihm verabschiedet und ist allein weggegangen. Ich dachte noch: Die gehören nicht zusammen, deshalb hat er auch nicht protestiert, daß er länger auf seine Garderobe warten mußte.«

Damit war gerade die Spur, von der wir Entscheidendes erwartet hatten, restlos »kalt« geworden. Aber so ist es oft in der Kriminalistik: Je mehr Licht auf einen Fall fällt, desto dunkler wird er. So wie hier. Wir saßen fest. Es nützte uns auch nichts – im Gegenteil, es schnitt die letzten dünnen Fäden ab –, als Becker zweifelsfrei feststellte, daß Manuela Haßlang weder ein Bankguthaben noch ein Sparbuch besessen hatte.

Der Fall hätte wahrscheinlich als unaufklärbar abgelegt werden müssen, wäre nicht eine verblüffende Meldung vom Leiter des Postamts, wo die Tote so überaus korrekt gearbeitet hatte, an uns gelangt: Fräulein Haßlang hatte in knapp drei Monaten über 19000 Mark unterschlagen! Glücklicherweise wandte sich der Leiter, ohne im Betrieb darüber etwas verlauten zu lassen, unmittelbar an uns. Nur wenige Zeugen handeln so überlegt.

Fräulein Haßlang war nicht ungeschickt und letztlich doch unglaublich primitiv vorgegangen. Sie hatte kontinuierlich Summen zwischen 60 und 930 Mark, die auf Postanweisungen eingezahlt worden waren, unterschlagen, wobei sie den jeweiligen Betrag immer erst dann in bar an sich nahm, wenn sie ihn aus den nächsten Einnahmen pro forma abdecken konnte. Die üblichen Routinekontrollen fanden deshalb stets ihren Kassenbestand mitsamt Belegen in Ordnung. Eine tiefergreifende Prüfung unterblieb leider. Wer das vorbildlich arbeitende Fräulein Haßlang auch nur andeutungsweise zu verdächtigen gewagt hätte, wäre als bösartig oder zumindest als Verleumder angesehen worden. Trotzdem war das Betrugsverfahren kindisch: Die veruntreute Summe wuchs rapid von Woche zu Woche, von Monat zu Monat, eines Tages mußte das Ganze unweigerlich platzen und mit der Verhaftung Manuelas enden. Daran konnte sie nach ihrer langjährigen Berufserfahrung eigentlich kaum gezweifelt haben.

Endlich hatten wir also ein Selbstmordmotiv: Angst vor der Entdeckung. Doch woher kam das Gift? Und warum hatte die Angst abends im Tanzlokal ihren Kulminationspunkt erreicht? Konnte in dem Brief, den der junge Mann brachte, gestanden haben, der Betrug sei entdeckt worden, alles sei nun aus?

»Nein«, erklärte uns der Leiter des Postamts selbstkritisch, »leider nicht. Er wurde ja erst später entdeckt.«

»Wäre es denkbar, daß ein Mitarbeiter ihr auf die Spur gekommen ist und sie erpreßte, etwa mit der Drohung, sie anzuzeigen?«

Der Zeuge schüttelte den Kopf. »Nein«, sagte er entschieden, »wer sollte wohl so dumm sein? Kein Postangestellter konnte zweifeln, daß die Sache eines Tages platzt, und dann hätte er ja als Erpresser noch schlimmer mit dringesessen.«

Der Überbringer des Briefs blieb unauffindbar.

Für unser Kollektiv begann nunmehr eine neue Periode unermüdlicher Kleinarbeit. Mit besonderer Behutsamkeit und viel Takt mußten sämtliche Angestellte des Postamts, ihre familiären Verhältnisse, Neigungen, Freizeitgestaltung und Freundschaften überprüft werden. Nach einer Woche hielten wir wertvolle Hinweise in der Hand.

Ein Lehrling, oft als Telegrafenbote eingesetzt, erzählte Lorenz unbefangen, daß er Fräulein Haßlang zweimal – »schnieke in Schale die Olle« – zusammen mit einer Angestellten vom Paketschalter – »Uschi heißt sie« – und einem Mann – »so an die Fünfunddreißig, Vierzig, möcht ich sagen« – zufällig begegnet sei, »einmal am Eingang der U-Bahn, und einmal saßen sie zu dritt in einem Taxi«.

Ein anderer Hinweis war noch aufschlußreicher: »Uschi«, mit vollem Namen Ursula Behling, die Kollegin vom Paketschalter, einunddreißig Jahre alt, zweimal geschieden, wohnte möbliert. Ihre Wirtin, sehr gesprächig, erzählte mir – »ganz im Vertrauen, Herr Brückner« –, daß ihre Untermieterin sehr oft mit ihrem Freund Arne Kobald, beschäftigt in einem veterinärmedizinischen Institut, »groß ausgehe«. Früher hätten sie öfter noch eine Freundin – »schon ein älteres Semester so wie ich« – mitgenommen. »Sie scheint aber Pinkepinke zu haben.«

Ursula Behling hatte bei ihrer ersten Befragung nicht nur verschwiegen, daß sie mit Manuela Haßlang befreundet war, sondern betont: »Wir haben uns kaum gekannt. Mit ihr war kein Kontakt zu finden Und dann der Altersunterschied, nicht wahr?«

Jetzt sah ich Licht.

Kurzerhand bestellte ich sie ins Polizeipräsidium. Schon bei den üblichen Fragen zur Person war sie auffallend nervös. Da wagte ich einen Überrumplungsversuch: »Was stand in dem Brief, der Fräulein Haßlang an den Tisch geschickt wurde? Das Gift hat Ihnen doch Ihr Freund Arne Kobald besorgt, oder nicht?«

Da brach sie zusammen. Sie erlitt einen Weinkrampf. Dann gestand sie, ohne noch Ausflüchte zu versuchen.

Vor etwa einem Vierteljahr hatte sie erkannt, daß ihre Kollegin Haßlang zwar ein schwer gehemmter, aber überaus lebenshungriger Mensch war. Manuela hatte aus irgendeinem Grund Vertrauen zu ihr gefaßt. Ihre große Sehnsucht war, einen Mann zu haben. »Uschi« hingegen benötigte dringend Geld, ihr Geliebter bedrängte sie: Zum gemeinsamen Glück gehöre ein Wartburg, zumindest ein Trabant. Er heckte den Plan mit den Unterschlagungen aus. Aber seine »Uschi« hatte nichts mit Postanweisungen und anderen Einzahlungen zu tun. Da verfielen sie auf Manuela Haßlang.

Ursula Behling überredete sie zunächst, was gar nicht so leicht war, mit ihr tanzen zu gehen. Sie wisse, sagte sie, wohin »seriöse Freier« kämen. Manuela gab nach. Arne Kobald spielte, wie zufällig von einem anderen Tisch herankommend, eine Zeitlang den interessierten Liebhaber Manuelas. Sie geriet außer sich.

Nunmehr fiel es Frau Behling verhältnismäßig leicht, sie zu den Unterschlagungen zu überreden. Anfangs waren es nur 60 und 90 Mark, notfalls vom Gehalt zu ersetzen. Doch die gemeinsamen Ausflüge wurden zunehmend kostspieliger. Arne Kobald blieb weg, Uschi ebenfalls.

Manuela ging immer öfter allein tanzen, spät erwachte Sexualität ließ sie alles andere vergessen. Männer, meist jünger als sie, ließen sie, oft unter durchsichtigen Vorwänden, die Zeche bezahlen. Sie tat es gern und voll wirrer Hoffnung. Das bis dahin unterschlagene Geld war ohnehin nicht mehr zu ersetzen.

Ursula Behling begann zu erpressen. Mit Erfolg. Denn nichts schien der bis dahin vorbildlich Korrekten entsetzlicher als die angedrohte Aufdeckung ihres Betrugs. Sie zahlte und zahlte und wurde immer sexualhungriger, gleichzeitig wuchs ihre Angst ins Sinnlose; sie sah keinen Ausweg mehr.

Die Erpresserin heuchelte Verzweiflung: »Wenn es herauskommt, sind wir beide geliefert!«

»Was dann?« fragte Manuela und wurde blaß.

»Dann mache ich Schluß«, antwortete Uschi. »Mit dem hier.« Sie zeigte Manuela das Gift. »Von einem guten Freund. Ich kann noch mehr davon kriegen. Man ist ruhiger, wenn man so was zur Hand hat.«

»Gib es mir!« rief Manuela. »Meinetwegen, da, nimm.«

Alles Weitere verlief, wie es die Erpresser geplant hatten. Der Brief, den der junge Mann aus Gefälligkeit – er gehörte ins Haus und war deshalb dem Personal nicht aufgefallen – an den Tisch gebracht hatte, enthielt außer ein paar sentimentalen Abschiedsphrasen Uschis die Mitteilung, sie mache Schluß, soeben sei der Betrug entdeckt worden; wenn Manuela nach Hause komme, warte dort schon die Polizei auf sie.

Da zog die unglückliche Frau die vermeintlich einzig mögliche Konsequenz.

Arne Kobald und Ursula Behling wurden gerichtlich zu einer anderen gezwungen.

Der Schock

Frau Frieda Hockunder, Gemüsehändlerin, vierundsechzig Jahre alt, lag vernehmungsunfähig im Krankenhaus.

Ihr war kaum Gewalt angetan worden, denn die geringen Hautabschürfungen am rechten Unterarm und eine leichte Schramme auf der Stirn hatte sie sich, wie die Ärzte meinten, beim Fall zugezogen. Ursache des Falls war ein Herzinfarkt, hervorgerufen durch Schockwirkung. Der Einbrecher mußte sie furchtbar erschreckt oder bedroht haben. Denn mehrere Nachbarn, sofort als Zeugen befragt, sagten übereinstimmend aus, daß Frau Hockunder alles andere als nervenschwach sei, im Gegenteil, sie wurde von manchen sogar gefürchtet wegen ihrer robusten Kratzbürstigkeit.

Trotzdem kaufte man nicht ungern bei ihr, denn sie war überaus rührig beim Beschaffen frischer Ware; bei jedem Wetter frühmorgens, noch in der Dunkelheit, schaffte sie das erste Gemüse, die ersten Früchte der Jahreszeit in ihrem Karren heran. Das kleine Geschäft ging gut.

Auch das war charakteristisch für sie: Trotz mancher Warnung brachte sie größere Summen nicht zur Bank, sondern verwahrte sie in ihrem Zimmerchen gleich hinter dem Laden in einem Blechkasten. Er war erbrochen und geleert worden.

Wir bemühten uns vergeblich, festzustellen, wieviel Geld dem Einbrecher in die Hände gefallen war. Es konnten mehrere tausend Mark, aber ebensogut auch nur ein paar hundert sein. Über ihr Geld hätte die eigenbrötlerische, mißtrauische Alte mit niemand gesprochen. Und jetzt konnte sie es nicht. Der Arzt ließ uns nicht zu ihr.

Es gab keine auswertbaren Spuren. Fingerabdrücke fehlten ganz. Der Deckel des Blechkastens war mit einem großen Messer oder starken Schraubenzieher aufgesprengt worden; das Werkzeug hatte der Täter mitgenommen.

Der Einbruch mußte früh gegen halb sechs Uhr geschehen sein, denn der Karren war schon aus dem Hof vor die Ladentür gezogen worden, und Frau Hockunder trug, als sie gegen acht Uhr in ihrem Hinterzimmer gefunden wurde, Jacke und Kopftuch, sie war also im Begriff gewesen, zur Zentralmarkthalle zu fahren.

Dem Dreher Haselbreck, wohnhaft im ersten Stock, war es, als er das Haus verlassen wollte, aufgefallen, daß die Tür des Hinterzimmers offenstand. Das war so ungewöhnlich, daß er hineinsah und Frau Hockunder regungslos am Boden liegend fand. Er hielt sie für tot und alarmierte sofort das nahe gelegene Volkspolizeirevier.

Das war alles, was man mir und meinen beiden

Mitarbeitern als Tatsachenmaterial übergeben konnte. Es war mehr als dünn.

Ich durchsuchte noch einmal gründlich den Tatort. Aber ich fand nichts, es sei denn, man wolle eine halbvolle Zigarettenschachtel mit mehreren prägnanten Fingerabdrücken, die jedoch draußen vor der verschlossenen Ladentür lag, als brauchbares Fundstück werten. Ich tat es nicht.

Oberleutnant Becker hatte mehr Glück, er brachte mir schon gegen zehn Uhr den ersten Zeugen. Es war ein Mitropa-Kellner namens Müller, der, vom Nachtdienst heimkehrend, um halb sechs auf der gegenüberliegenden Straßenseite einen Mann bemerkt hatte, der sich sonderbar benahm. Allerdings fand es der Zeuge erst jetzt sonderbar, nachdem er von dem Einbruch erfahren hatte. Der Mann ging auffallend langsam. Das war ungewöhnlich, denn zu dieser Tageszeit hat es jeder Passant einigermaßen eilig, falls er nicht ein betrunkener Nachtschwärmer ist. Aber diesen Eindruck machte der Mann nicht. Er trat plötzlich unter das Vordach eines Hauses ins Halbdunkel. »Ich dachte mir«, sagte der Zeuge Müller, »wahrscheinlich wohnt er dort, er wird jetzt die Haustür aufschließen und hineingehen. Das heißt, so genau, wie ich es jetzt sage, war es wohl nicht; es war kein Nachdenken, vielmehr, wenn ich so sagen darf, ein Gefühl.«

»Ich verstehe. Und dann?«

»Dann kam Frau Hockunder mit ihrem Karren aus der Einfahrt und schob ihn vor die Ladentür, wo sie ihn zunächst stehenließ.«

»Sie haben sie also gesehen?«

»Nein, Genosse Hauptmann, ich war inzwischen schon ein Stück weitergegangen. Ich hörte nur die Räder des Karrens rumpeln und blickte mich flüchtig um. Frau Hockunder hatte das Fahrzeug am Bordstein abgestellt und ging schon wieder ins Haus zurück. Aber mir war, als stünde der Mann drüben immer noch unter dem Vordach, es schien mir, als bewege er sich. Doch es kann sein, daß ich mir das jetzt nur einbilde, weil ich nachträglich vermute, er habe dort gelauert, um der Alten ins Haus zu folgen. Ich bin weitergegangen. Es war uninteressant, und ich war müde.«

Ich fragte ihn nach einer Personenbeschreibung.

Sie fiel nichtssagend aus: mittelgroß, ziemlich schlank, dunkler Straßenanzug, Mütze. »Doch, etwas ist mir aufgefallen oder fällt mir jetzt auf«, erinnerte sich der Zeuge plötzlich. »Der Mann trug einen Schal, und er schob ihn, als er unter der Straßenlaterne durchging, auf die Backe hinauf.«

»Als fürchte er, erkannt zu werden?«

»Ich würde eher sagen, als hätte er Zahnschmerzen.«

Mehr war aus diesem Zeugen nicht herauszuholen.

Kurz danach berichtete mir Leutnant Lorenz. Er hatte inzwischen die Lebensumstände der Gemüsehändlerin eruiert. Ihr Mann war im letzten Kriegsjahr gefallen, sie hatte das Geschäft allein weitergeführt. Was die Nachbarn über ihren Charakter sagten, stimmte: sie war eine eigensinnige, grobe Pfennigfuchserin. Mit ihrem Sohn Dieter, jetzt siebenundzwanzig Jahre alt, hatte sie seit einem Jahrzehnt keinen Kontakt mehr. Er war mehrfach vorbestraft, zur Zeit saß er ein wegen Unterschlagung und Diebstahls. Es hieß allgemein, die Alte habe ihn auf die schiefe Bahn getrieben, denn der Junge habe für sie ohne Bezahlung schwer arbeiten müssen und keinerlei Freiheit gehabt.

Ich beauftragte Becker, die betreffenden Unterlagen einzusehen.

Mit Lorenz machte ich mich auf die Spur des unbekannten Mannes, der, wenn nicht alles täuschte, der Täter sein konnte. Das war ein ziemlich aussichtsloses und vor allem zeitraubendes Beginnen.

Wer aus der Nachbarschaft, fragten wir uns, konnte so früh am Morgen auf der Straße gewesen sein und etwas bemerkt haben? Das Ereignis war natürlich zum Tagesgespräch geworden, und so meldeten sich drei weitere Zeugen. Zwei waren um sechs Uhr oder etwas später am Ende der Straße einem Mann begegnet, der sehr schnell gegangen war. Ihre Personenbeschreibung war ebenso allgemein wie die des Mitropa-Kellners; einen Schal hatten sie nicht bemerkt. Wohl aber der dritte Zeuge, ein Straßenfeger, der in der Querstraße seine Arbeit um fünf Uhr begonnen hatte. An ihm war der Mann gegen halb sechs langsam vorbeigegangen. Die Aussage klang phantastisch: »Er hat seinen Schal seitwärts an den Kopf gehalten, weil der ganz blutig war. Das habe ich deutlich gesehen, das Blut. Ich kann's beschwören.«

Ob er sich denn darüber keine Gedanken gemacht habe?

»Nee; ich dachte, der is besoffen und is hingefallen, da hat er sich das weggeholt. So 'ne ramponierten Nachtbummler sieht unsereins ja öfter.« Mit der Personenbeschreibung haperte es.

»Nich sehr groß, 'ne Mütze hatte er auf, der Anzug war, wenn ick mir richtig erinnere, dunkelblau, nich mehr neu.«

Das half uns immerhin etwas weiter; wir konnten nun einen Mann suchen, der am Kopf eine verharschte Wunde oder zumindest Schrammen aufwies, vielleicht sogar einen Verband trug. Lorenz mußte weiter in der Nachbarschaft herumhorchen.

Becker erstattete eine aufregende Meldung: Dieter Hockunder war zwei Tage zuvor aus der Strafanstalt entlassen worden. Nun besaßen wir sein Foto, seine Fingerabdrücke, seine Personenbeschreibung (mit dem stets enttäuschenden Vermerk: »Besondere Kennzeichen – keine«) und seinen Lebenslauf einschließlich aller früheren Straftaten. Dieter Hockunder wurde als verschlagen, rücksichtslos und arbeitsscheu charakterisiert, als wenig intelligent, aber gerissen. Er war in mancherlei Gelegenheitsberufen tätig gewesen, unter anderem im Zirkus als Requisiteur, auf dem Rummelplatz in einer Glücksbude, als Losverkäufer, im Film und in der Staatsoper als Komparse und kurze Zeit als Gußputzer. Oberleutnant Becker hatte auch schon ermittelt, wo er sich aufhielt: in Köpenick bei einer früheren Geliebten, zehn Jahre älter als er, ihm blind ergeben, mit fragwürdigem Ruf. Wir konnten uns den jungen Mann also, wenn wir über genügend Beweismaterial verfügten, jederzeit greifen.

Doch damit war es leider schlecht bestellt. Die Fingerabdrücke auf der Zigarettenschachtel stammten einwandfrei nicht von ihm; allerdings hatten wir auch kaum erwartet, daß dieses außerhalb des Hauses aufgelesene Fundstück etwas mit der Sache zu tun habe. Seine Geliebte, von Lorenz geschickt befragt, verschaffte Dieter überdies ein volles Alibi: Er hatte sich zur fraglichen Zeit bei ihr in der Wohnung aufgehalten. Das konnte natürlich eine Lüge sein, war aber unwiderlegbar. Vor allem aber konnte uns Lorenz versichern, daß Dieter Hockunder nicht die geringste Spur einer Verletzung im Gesicht aufwies, denn er hatte ihn sich in einer Kneipe sehr genau angesehen. Auffallend war lediglich, daß er reichlich Geld zu haben schien, wenigstens spendierte er einigen ihm offenbar Fremden großzügig mehrere Runden. Aber das ist bei eben entlassenen Strafgefangenen nicht so sehr überraschend, sie suchen darin eine Art Selbstbestätigung ihrer wiedererlangten Freiheit.

Der Mann mit dem blutigen Kopf mußte also ein anderer sein. Und – er war es! Am Abend des zweiten Tages hatten wir ihn. Es war ein guter Bekannter Dieter Hockunders, der gleichzeitig mit ihm entlassen worden war. Es gab keinen Zweifel. Von ihm hatte er die genaue Beschreibung des Tatorts bekommen und die Lebensgewohnheiten der Gemüsehändlerin, vor allem aber den Aufbewahrungsort des Geldes erfahren. Vermutlich hatten sich die beiden inzwischen den Raub geteilt. Wolf Züppling, in Gestalt und Größe Dieter sehr ähnlich, war wegen schwerer Körperverletzung bestraft worden. Becker würde sich eingehend mit ihm befassen.

Unterdessen triumphierten wir, denn die Fingerabdrücke auf der Zigarettenschachtel stammten unverkennbar von diesem Wolf Züppling.

Ich ließ ihn zum Verhör vorladen. Als er mein Dienstzimmer betrat, zuckte ich zusammen. Meinen beiden Mitarbeitern erging es, wie sie mir später gestanden, ebenso. Der Mann sah schreckerregend aus. Ein blutigrotes, zackiges Mal zog sich vom Kinn über die Wange bis zur Schläfe hinauf, das linke Auge funkelte übergroß aus einer nahezu violetten Höhle. Es kostete Überwindung, hinzusehen. Wir begriffen jetzt den entnervenden Schrecken, der die alte Frau überfiel als dieser Mann lautlos, gefährliches Werkzeug in der Hand, in das trüb erleuchtete Zimmer getreten war.

Ohne Einleitung bezichtigte ich ihn der Tat. Er schüttelte den Kopf und schwieg.

»Sie sind überführt, Züppling«, sagte ich, und es fiel mir, offen zugegeben, schwer, dabei sein schreckliches Gesicht anzusehen. »Kennen Sie diese Zigarettenschachtel?« fragte ich.

»Von der Marke habe ich mir vorgestern welche gekauft«, antwortete er mit der monotonen Stimme des Häftlings, der gewohnt ist, geduldig auf alles zu antworten.

»Wo haben Sie die Schachtel verloren?«

»Ich habe sie in einem Restaurant auf dem Tisch liegenlassen. Wenn es meine ist. Ich habe vergessen, sie einzustecken.«

»Wo? In welchem Restaurant?«

»In einer Wirtschaft schräg gegenüber der Strafanstalt. Ich war dort mit einem Kumpel eingekehrt. Wir wollten auf unsere Freiheit anstoßen.«

»Wer ist dieser Kumpel?«

»Er heißt Hockunder … Dieter Hockunder. Wir kamen gleichzeitig heraus.«

»Sie waren wegen Körperverletzung verurteilt?«

»Ja. Ich habe eine Freundin gehabt, zum erstenmal in meinem Leben. Sie war nicht schön, aber gut zu mir.« Er machte eine Pause. »Verstehen Sie ... wenn man so aussieht wie ich ... Und da hat sie mir einer ausspannen wollen. Aus Daffke. Er machte Witze über mein Gesicht. Da bin ich auf ihn los, und ... und ... da ist es eben passiert.«

»Wir fanden bei Ihnen zweihundertsiebenundneunzig Mark. Woher stammt dieses Geld?«

»Das habe ich im Gefängnis gespart. Von meinem Arbeitslohn. Sie können sich erkundigen.«

»Das werden wir tun. – Wo waren Sie am Freitagmorgen zwischen fünf und sieben Uhr?«

»Auf dem Weg zur Arbeit. Ich mußte um sieben Uhr dort sein.«

»In Treptow?«

»Ja.«

»Und Sie waren pünktlich dort?«

»Sie können sich erkundigen.«

»Das werden wir.«

Ich entließ ihn. Es bestand keine Fluchtgefahr. Und so merkwürdig es klingt, trotz der gravierenden Fingerabdrücke auf der Schachtel waren mir Zweifel gekommen. Oder war es nur Mitleid mit dem schrecklich entstellten, gehemmten Mann, der einen so bescheidenen, ruhigen Eindruck machte? Die Auskunft, die wir von der Leitung der Strafanstalt einholten, lautete sehr günstig. Von seiner früheren Arbeitsstätte, einer Möbelfabrik, lagen in der Gerichtsakte einige lobende Charakteristiken; Züppling war mehrfach Aktivist gewesen. Arbeitskollegen, die Lorenz befragt hatte, bezeichneten ihn als gutmütig und hilfsbereit, nur zum Jähzorn neige er manchmal. Die Entfernung vom Tatort bis nach Treptow war beträchtlich, die Fahrverbindung schlecht.

Doch all das konnte ihm nicht helfen. Denn abends rief mich der Chefarzt des Krankenhauses an, wo Frau Hockunder lag. Die Patientin hatte ein paar Worte sprechen können. Der Einbrecher, sagte sie, immer noch schaudernd, habe ein gräßliches »Feuermal« auf der linken Gesichtshälfte gehabt »und glühende Augen wie ein Teufel«.

»Haben Sie seinen Gesichtsausdruck erkennen können?«

Sie schüttelte den Kopf. »Nein, ich sackte sofort ab.«

Der Haftbefehl wurde ausgestellt.

»Soll ich die Wohnung des Dieter Hockunder trotzdem noch durchsuchen?« fragte mich Lorenz. Wir hatten die Erlaubnis dazu nur erwirken können, weil wir glaubhaft geltend machten, daß er der Mittäterschaft dringend verdächtig sei. Wir hofften, bei ihm oder seiner Geliebten einen Teil des geraubten Geldes zu finden.

Leutnant Lorenz fand mehr. Und nun saß Dieter Hockunder vor uns.

»Sie haben«, fragte ich, »nach Ihrer Entlassung aus der Strafanstalt mit Züppling zunächst einen kleinen Bummel gemacht?«

»Allerdings ...«

»Dabei haben Sie geraucht. Die Zigarettenschachtel Züpplings haben Sie sich dann eingesteckt.«

»Ich? Warum sollte ich? Das ist doch ...«

»Schlau – dachten Sie. Weil wir darauf bestimmt Fingerabdrücke Züpplings finden würden.«

Er wurde blaß. Aber frech sagte er: »So ein Quatsch.«

Ich wickelte aus einem Papier mehrere Schminkstifte hellrot, altrot, blau und schwarz.

»Sehen Sie, Hockunder, das haben wir in der Schublade des Küchentischs gefunden. Die Stifte sind noch frisch und unlängst benutzt worden. Wie man sich schminkt, haben Sie ja während Ihrer Tätigkeit als Komparse kennengelernt. Sie rechneten mit der Schockwirkung des Feuermals, und leider hatten Sie damit recht. Sie konnten auch nicht warten, bis Ihre Mutter zur Markthalle unterwegs war, denn die Wohnungstür hat ein Sicherheitsschloß. Das Geld, das Sie raubten, fanden wir in der Manteltasche Ihrer Geliebten. Wollen Sie noch leugnen?«

Er machte keinen Versuch mehr. Wir hatten ihn überführt.

Den Haftbefehl für den Mann mit dem Feuermal konnte ich zerreißen. Ich tat es gern.

Verjährt?

Die beiden Totengräber unterhielten sich wie ihre Berufskollegen in Shakespeares »Hamlet«, nur nicht ganz so philosophisch, denn sie wollten schnell fertig werden. Am abendlichen Himmel wetterleuchtete es, jeden Augenblick konnten die ersten Regentropfen fallen. Es war ein verwahrlostes Grab, das von ihnen geräumt wurde, um einen neuen stillen Gast aufzunehmen.

Ede Kluppke verschnaufte einen Augenblick und sah dabei auf den Totenschädel, den Karl Duffhaus kurz zuvor seitwärts auf den Sandhügel geworfen hatte und der von dort zwischen die verwilderten Efeuranken des Nachbargrabs gerollt war. Da lag er nun kalkigweiß und starrte ihn aus schwarzen Augenhöhlen an. Das ließ Ede natürlich völlig gleichgültig. Er griff wieder zur Schaufel, da stutzte er. Der Kopf bewegte sich. Das war sonderbar. Ede Kluppke erschrak keineswegs, sondern sagte nur zu seinem Kollegen Duffhaus: »Kiek mal, Karle.«

Tatsächlich, der weiße Schädel hob und senkte sich. Duffhaus, der nach oben geklettert war, hob ihn neugierig auf. Eine dicke Kröte hüpfte fort; sie hatte, unter den Schädel gekrochen, die Bewegung verursacht. »Ach so«, brummte er. Aber da er den Schädel nun schon in der Hand hatte, sah er ihn sich genauer an. »Hat noch alle Zähne«, stellte er fest, »war wohl noch 'n ziemlich junger Mensch.« Damit wollte er den Schädel wieder achtlos zu den anderen Knochenresten werfen, aber da entdeckte er etwas Befremdliches. »Wat is'n det?« fragte er verwundert, denn da war ein schwarzer Punkt auf der glatten weißen Schädeldecke.

»Zeig mal«, sagte Ede und rieb mit dem angefeuchteten Daumen über die kupplige Knochenpartie. Nein, es war kein Fleck – es war ein Loch: kreisrund, nicht größer als einen oder zwei Millimeter, also keinesfalls ein Einschuß.

Mit diesem makabren Fund begann der Fall Wyrbatz, den Peter Brückner und seine beiden Mitarbeiter sozusagen nebenbei aufklärten.

Die Totengräber kamen in ihrem nun ganz und gar unphilosophischen Gespräch zu dem Ergebnis, daß die Todesursache (was 1944, als die Beerdigung stattgefunden hatte, naheliegend gewesen wäre) kaum kriegsbedingt gewesen sein konnte. Sie packten das Fundstück ein und übergaben es anderntags dem Diensthabenden ihres zuständigen Reviers. Dieser, ein junger Polizeimeister, hätte die Annahme am liebsten abgelehnt, aber das ging ja nun nicht. Er schaffte sich die leidige Sache vom Hals, indem er den Schädel mitsamt dem vorgeschriebenen Fundprotokoll ins Kriminalmedizinische Institut schickte. Dort stellte man fest, daß höchstwahrscheinlich ein achtzehn bis neunzehn Jahre zurückliegender Mordfall in Frage komme, es sei denn, daß ein Nagel oder ähnlicher runder, spitzer Gegenstand erst nach erfolgtem Tod in die Schädeldecke getrieben worden sei. Aber welchen Sinn sollte das gehabt haben?

Aus dem Zustand des Schädels und der nun ebenfalls genau untersuchten anderen Teile des Skeletts war zu schließen, daß es sich um eine damals etwa fünfundzwanzigjährige weibliche Person handelte.

Der Beginn der Erkundungsarbeit war einfach. Leutnant Lorenz konnte den Unterlagen der Friedhofsverwaltung mühelos entnehmen, daß in der Grabstätte Nr. 1265 am 18. November 1944 die Ehefrau Klara Wyrbatz geborene Klonke, vierundzwanzig Jahre alt, beigesetzt worden war.

Auch eine Durchschrift des Totenscheins war noch vorhanden. Er war ausgestellt von einem Dr. med Lacknitz, Berlin-Weißensee; als Todesursache war angegeben: innere Verletzungen infolge Bombenexplosion.

Doch damit rissen alle Spuren zunächst ab, denn das Archiv des zuständigen Standesamts war 1945 ausgebrannt.

Oberleutnant Becker, der Unermüdliche, forschte nach dem Arzt Lacknitz. Doch der war 1949 gestorben. Von mehreren ehemaligen Patienten wurde er als gewissenhafter und freundlicher alter Herr geschildert. Den Nazis habe er, fügten einige hinzu, bestimmt nicht nahgestanden.

»Wenn wir die Zeitumstände berücksichtigen«,

sagte Hauptmann Brückner bei der Dienstbesprechung, »vor allem die Bombennächte mit den vielen Toten und Verletzten, die Überbeanspruchung der Ärzte, dann ist diesem Doktor Lacknitz, der damals bereits den Siebzigern nah war, kaum vorzuwerfen, daß er den Totenschein leichtfertig ausstellte. Wir dürfen vielmehr annehmen, meine ich, daß er getäuscht wurde.«

Der nächste Schritt war, den Ehemann der Ermordeten ausfindig zu machen. Becker versuchte es mit all seiner oft gerühmten Sorgfalt. Aber ein Wyrbatz war seit 1945 nirgends in Berlin gemeldet. Also wahrscheinlich gefallen oder gestorben.

Allzuviel Zeit und Mittel konnte Brückner nicht für diesen weit zurückliegenden, offensichtlich hoffnungslosen Fall aufwenden; es gab Wichtigeres.

Lorenz hörte in der Nachbarschaft der ehemaligen Wohnung des Dr. Lacknitz herum.

»Es ist ja nicht anzunehmen«, erklärte er, »daß sich das Ehepaar Wyrbatz von einem Arzt behandeln ließ, der in einem anderen Stadtteil wohnte.«

Aber all sein Eifer war zunächst vertan. Obwohl der Name Wyrbatz nicht gerade alltäglich ist, erinnerte sich niemand.

Doch endlich stieß der unermüdliche Lorenz auf einen Metzger.

»Ja«, sagte der, »die Frau hat damals bei mir gekauft. Es war so eine mittelgroße, schlanke Blondine, bildhübsch, ich schätze so um die Zwanzig herum. Ihr Mann war bei der Wehrmacht, glaube ich.«

Lorenz hatte Mühe, seine Freude zu verbergen. »Und wo wohnte sie?« fragte er zuversichtlich.

»In der Bizetstraße, da, wo heute die Neubauten stehen. Das Haus, wo die Wyrbatzens drin wohnten, das ist bei dem großen Bombenangriff Mitte November völlig in Klump gehauen worden.«

Lorenz machte ein langes Gesicht. Die Spur war tot. Wozu noch länger suchen?

Der Ehemann sei, wie der Metzger sagte, »bei der Wehrmacht« gewesen. An ihn, an sein Aussehen, seinen Dienstgrad erinnerte er sich überhaupt nicht. »Ich habe ihn nur ein- oder zweimal flüchtig gesehen.«

Ob das im November 1944 gewesen wäre? Der Mann zuckte die Achseln. »Du meine Güte, wie soll ich das heute noch wissen? Ich nehme an, er ist gefallen, sonst wäre er doch wiedergekommen.«

Lorenz gab auf.

Nicht aber der zähe und geduldige Becker. Er ließ über Fernschreiben in der ganzen Republik nach Wyrbatz, Vorname unbekannt, fahnden. Und er hatte Erfolg. Konrad Wyrbatz, Möbeltischler, neunundvierzig Jahre alt, in zweiter Ehe verheiratet mit Waltraut Wyrbatz geborene Hönsgen, war, zugezogen von Berlin, in Leipzig seit Februar 1946 ordnungsgemäß gemeldet.

Nun traf es sich, daß Brückner wegen einer anderen Angelegenheit in die Messestadt fahren mußte. Er nutzte die Gelegenheit und machte sich unauffällig mit den Lebensumständen des Tischlers Konrad Wyrbatz bekannt. Dieser arbeitete in einer volkseigenen Möbelfabrik, war Brigadier, hatte einen guten Ruf bei Kollegen und Hausbewohnern.

Peter Brückner paßte Wyrbatz in der Nähe seiner Wohnung ab. Mit einem Ausruf gespielter Überraschung hielt er ihn an. »Sie sind doch ... entschuldigen Sie ... Sie sind doch Herr Wyrbatz?«

Er war ein untersetzter Mann mit angegrauten Schläfen, ruhig und freundlich. Zunächst antwortete er ziemlich verwundert: »Ja, allerdings. So heiße ich. Aber ...«

Brückner ließ ihn nicht ausreden. »Kennen Sie mich denn nicht mehr?«

Wyrbatz blickte ihn, verlegen werdend, an. »Nein, ich ... entschuldigen Sie, ich habe ein sehr schlechtes Gesichtergedächtnis.«

Brückner tat enttäuscht. »Aber ich habe doch in Berlin, in der Bizetstraße, im selben Hause wie Sie gewohnt. Im Stockwerk über Ihnen. Brückner ist mein Name. Erinnern Sie sich immer noch nicht?«

Wyrbatz erinnerte sich natürlich nicht, aber wer gibt so etwas schon gern zu?

»Ja«, sagte er, »wenn ich Sie genauer ansehe ... ja, dunkel.«

»Wir sind uns öfter im Treppenhaus begegnet, haben auch ein paarmal miteinander gesprochen.« Brückner plauderte lebhaft weiter, während er nun neben Wyrbatz einherging. »Ich habe ja riesiges Glück gehabt«, erzählte er, »daß es mich in der Bombennacht vom fünfzehnten zum sechzehnten November vierundvierzig nicht erwischt hat; ich war gerade auf Dienstreise.« Dabei beobachtete er aufmerksam das Gesicht seines Begleiters.

Aber der sah ihn nur ernst, keineswegs verwirrt an. »Meine erste Frau ist dabei umgekommen«, sagte er ruhig.

Brückner nickte. »Ja, ich erinnere mich. Es war

furchtbar damals. Und Sie hatten zufällig Urlaub, meine ich gehört zu haben; und ausgerechnet da mußten Sie so etwas erleben ...«

Wyrbatz schüttelte den Kopf. »Als ich ankam, war Klara schon tot.« Er sagte das unsentimental, und ihm war keine Spur von Nervosität, die Brückner erwartet hatte, anzumerken.

Sie kamen an einer kleinen Gaststätte vorbei. Brückner blieb stehen. »Wenn Sie es nicht eilig haben ...? Ich meine, wenn man sich nach so langer Zeit zufällig mal trifft ...«

Sie gingen hinein und setzten sich an einen Tisch. Ohne Mißbehagen vor dem unangenehmen Thema erzählte Wyrbatz, er habe damals in Küstrin gearbeitet; wegen eines noch nicht ausgeheilten Oberschenkeldurchschusses sei er in eine Werkstatt der Wehrmacht abkommandiert gewesen, wo Munitionskisten angefertigt wurden. Als er am Mittag des 16. November von einem eben aus Berlin gekommenen Kameraden gehört habe, bei einem nächtlichen Bombenangriff sei besonders sein Wohnviertel stark mitgenommen worden, habe er sich auf einen Lastwagen gesetzt, der gerade nach Berlin abging.

»Hatten Sie denn Urlaub?«

»Unser Werkstättenleiter, ein alter Unteroffizier, war mein Freund. Aus der Tischlerinnung. Er ließ mich sofort fahren.«

»Ach so. Und als Sie ankamen ...«

»... war meine Frau schon tot. Nachbarn hatten sie in meine Werkstatt getragen und dort auf die Hobelspäne gelegt. Sie soll noch geatmet haben. Meine Werkstatt – Sie erinnern sich gewiß, gleich hinter dem Haus – hatte merkwürdigerweise nichts abbekommen.« Wyrbatz trank ruhig sein

Glas aus und bestellte ein zweites. Brückner, der gute Menschenkenner, konnte ihm nicht die geringste Unsicherheit anmerken. Der Mann heuchelte weder Trauer, die nach so vielen Jahren unglaubhaft gewesen wäre, noch sprach er in jenem gemacht gleichgültigen Tonfall, mit dem Schuldige oft ihr gänzliches Unbeteiligtsein an einer Tat zu demonstrieren suchen.

»Gleich nach dem Begräbnis fuhr ich nach Küstrin zurück«, erzählte Wyrbatz weiter. »Als es dann fünfundvierzig dem Ende zuging, steckte man mich noch in den Volkssturm, aber da habe ich mich sofort abgesetzt. Neunzehnhundertfünfundvierzig bis ungefähr Anfang sechsundvierzig habe ich zuerst wieder in Berlin gearbeitet, alles mögliche und ohne eine richtige Wohnung; doch dann schrieb mir Waltraut – das ist meine jetzige Frau –, ich sollte doch nach Leipzig kommen.« Er lächelte unbefangen. »Na ja, und das klappte dann auch, und nun bin ich immer noch hier.«

Brückner, aufgefordert, auch von sich zu erzählen, erfand rasch ein paar belanglose Begebenheiten. Bald aber brachte er das Gespräch geschickt auf den Metzger in Weißensee als gemeinsamen Bekannten, und kurz darauf suchten sie nach anderen. So hörte Brückner einige neue Namen.

Würde Wyrbatz, der zweifellos intelligent war, sie genannt haben, wenn er seine Vergangenheit möglichst im dunkeln lassen wollte? Oder fühlte er sich so sicher? Warum eigentlich nicht – die Tat lag neunzehn Jahre zurück und war raffiniert genug ausgeführt worden.

Zwei der von Wyrbatz genannten vier Personen waren nicht auffindbar, zumal Brückner keine Anschrift kannte; sie waren inzwischen verzogen oder verstorben.

Die beiden anderen machte Becker rasch ausfindig. Zunächst den Rentner Willibald Brode, dann die Kurzwarenhändlerin Erika Böttler.

Brückner befragte beide sehr behutsam. Der Rentner konnte ihm nichts Wissenswertes erzählen. Aber von Frau Böttler, die mit sichtlichem Behagen tratschte, erfuhr er einige Neuigkeiten, die ihm, dem erfahrenen Kriminalisten, überraschend den Weg zur Lösung des Falls wiesen.

Konrad Wyrbatz war, so hörte er, sehr eifersüchtig auf seine Frau Klara gewesen. Zu Recht, denn diese war, nach dem überaus farbigen Bericht der Kurzwarenhändlerin, »wunderschön, aber ein dolles Flittchen«. Mit aller Entschiedenheit habe sie sich jedoch gegen eine Scheidung von dem Obergefreiten Wyrbatz, Inhaber einer gutgehenden Tischlerwerkstatt, gewehrt, um so mehr, als sie erfuhr, daß dieser bei der Nachrichtenhelferin Waltraut Hönsgen – »so einer richtigen BdM-Zicke« – Trost gesucht und gefunden habe. »Na, da ist die Klara dann ja im richtigen Moment umgekommen«, fuhr Frau Böttler gemütvoll fort, »sonst hätte es womöglich noch ein Unglück gegeben, so wie die beiden Weiber zueinander standen.«

Ob Waltraut Hönsgen denn beim Tod der Klara Wyrbatz zugegen gewesen wäre, fragte Brückner scheinbar beiläufig.

»Ja, wir hatten Klara in Wyrbatzens Werkstatt auf die Hobelspäne gelegt. Sie lebte noch, und wir dachten: Die kommt durch, die ist bloß ohnmächtig. Aber nee. Sie starb, obwohl die Waltraut, der sie nun doch leid tat, den Rest der Nacht und den ganzen Vormittag bei ihr blieb, bis Wyrbatz mittags von Küstrin kam. Aber Waltraut Hönsgen hatte Klara auch nicht helfen können. Der Arzt sagte später, innen wäre von einer Druckwelle etwas zerrissen gewesen. – Ich hab übrigens gehört, der Wyrbatz soll später die Waltraut geheiratet haben ...«

Brückner wußte genug. Wenn er den Fall klären wollte, mußte er jetzt etwas wagen. Mißlang ihm das, blieb der Täter unentdeckt.

Er fuhr nach Leipzig und ließ sich Waltraut Wyrbatz im Polizeipräsidium vorführen. Sie erwies sich als eine kräftige, ziemlich mollige Blondine, trotz ihrer vierundvierzig Jahre immer noch recht ansehnlich. Sie war sichtlich sehr nervös und wurde zusehends nervöser, als Brückner sie aufforderte, über den Verlauf der Bombennacht und den Tod der Klara Wyrbatz zu berichten. »Ich konnte nichts tun!« versicherte sie mehrmals eindringlich, als sie schilderte, wie die von der Explosion Betäubte hilflos vor ihr auf den Hobelspänen gelegen und »langsam dahingestorben« wäre.

»Frau Wyrbatz hatte schönes, dichtes blondes Haar, nicht wahr?« fragte Brückner scheinbar zusammenhanglos.

Waltraut Wyrbatz stutzte, dann begann sie zu zittern. »Ja«, antwortete sie tonlos.

»Stehen Sie mal auf«, befahl Brückner schroff. »Treten Sie näher!« Und er hielt ihr plötzlich einen Hammer und einen großen Nagel entgegen. »Kennen Sie diese beiden Gegenstände?«

Da sank die kräftige Frau haltlos auf ihren Stuhl

zurück. Sie war kreideweiß. Nach einer Weile begann sie zu schluchzen.

Brückner wartete geduldig.

Endlich sagte sie mit leiser, fast flüsternder Stimme: »Ja, ich hab' es getan. Ich habe sie gehaßt. Sie wollte Konrad nicht freigeben. Damals ... ja, wir erlebten täglich so viel Schreckliches ... Das stumpfte ab. Und ich dachte: Wenn sie nun nicht stirbt? Sie bewegte sich und stöhnte. Da sah ich auf der Hobelbank Hammer und Nägel liegen ...« Sie brach ab, die Erinnerung hatte sie überwältigt.

Ein Verbrechen war, neunzehn Jahre später, aufgeklärt.

Um ein Haar

Eingeklemmt in den Bügelring ihrer Handtasche, war bei der ermordeten Frau Josefine Pirkhoff ein zentimeterlanges Haarfragment gefunden worden.

Sowjetischen Kriminalwissenschaftlern ist vor einigen Jahren gelungen, nach einem solchen Fundstück, auch wenn Haarwurzel und -spitze fehlen, Alter und Geschlecht des Menschen zu bestimmen, von dem das Haarfragment stammt. Heute macht sich die Kriminalistik überall diese Methoden zu eigen, selbstverständlich auch unser Kriminaltechnisches Institut. Aber ich will offen zugeben: Wir hofften kaum, den Mörder zu entdecken, obwohl wir immerhin erfuhren, daß das Haarstückchen von einem etwa vierzigjährigen Mann stamme, dessen Haar – vermutlich schon jahrelang – kontinuierlich dunkelbraun gefärbt worden war, die ursprüngliche Haarfarbe sei rot gewesen. Wir wurden überdies darauf aufmerksam gemacht, daß die Färbung in einem sehr unauffälligen Ton ausgeführt worden sei und wahrscheinlich weiterhin ebenso unauffällig bleiben würde.

»Ist der Mann eitel und hat deshalb seinen Rotkopf jahrelang braun färben lassen?« fragte Leutnant Lorenz bei unserer Dienstbesprechung. Er war, wie das so seine Art ist, gleich inmitten lebhaften Kombinierens. »Oder hat er sich, da er einen so unauffälligen, gar nicht effektvollen Braunton wählte, unkenntlich, richtiger gesagt, nicht wiedererkennbar machen wollen?«

»Phantasieren Sie bitte nicht, Genosse Leutnant«, wehrte unser etwas trockener Oberleutnant Becker ab, und bevor ihm sein junger Kollege widersprechen konnte, fuhr er fort: »Sie setzen durchaus unberechtigt als Tatsache voraus, daß das Haarfragment von dem Mörder stammt. Vergessen wir doch nicht: es befand sich weder zwischen den Fingern noch unter einem Fingernagel der Erdrosselten. Zwischen Ring und Bügel der Handtasche kann es aber auf tausend verschiedene Weisen geraten sein. Ich warne vor einer Überschätzung dieses Fundstücks!«

Ich mußte lächeln. »Gut«, sagte ich, »wir fühlen uns gewarnt. Trotzdem werde ich jetzt den Gedankengang unseres Freundes Lorenz fortführen:

Die Ermittlungen am Tatort ergeben, daß sich die Überfallene gewehrt hat. Der Zustand der Handtasche – der Lederbügel an einer Seite aus dem Ring gerissen und einige Kratzer – läßt darauf schließen, daß die Angegriffene mit der Tasche zu schlagen versucht hat oder daß sie ihr mit Gewalt entrissen wurde. Der Inhalt bestand aus den üblichen Dingen, die Frauen mit sich zu führen pflegen: Taschentuch, Lippenstift, Rouge,

Puderdose und ein Geldtäschchen mit 21,35 Mark. Der Personalausweis ist etwa 30 Meter vom Tatort entfernt hinter einem Busch gefunden worden. Über die Person und die sozialen Verhältnisse der Ermordeten gibt es bereits Dutzende von Aussagen: Sie war 38 Jahre alt, Stenotypistin in einem Großbetrieb, seit sechs Jahren geschieden, kinderlos, allein in einer Anderthalbzimmer-Wohnung lebend. Ihr geschiedener Mann wohnt in Köln; sie hatte keinerlei Kontakt mehr mit ihm, überdies war er grauhaarig und zur Zeit der Scheidung 56 Jahre alt. Von ihm kann also das Haarfragment nicht stammen.«

»Es ist demnach anzunehmen«, kombinierte Lorenz sogleich wieder munter drauflos, »daß wir es mit einem Freund oder Liebhaber zu tun haben. Von diesem braungefärbten Rothaarigen könnten, sofern er nicht selbst der Täter ist, zumindest Spuren zu einer Person führen, die unmittelbar mit dem Mord zu tun hat.« Oberleutnant Becker kratzte sich nervös am Kopf; er liebte, wie er zu sagen pflegte, solch »substanzloses Spintisieren« gar nicht, er zog es stets vor, in mühseliger, oft pedantischer Kleinarbeit – draußen oder in den Akten – nach Tatsachen oder konkreten Anhaltspunkten zu stöbern. Ich muß zu seiner Ehre sagen, er verhalf uns damit schon zu manchem Erfolg. Jetzt aber standen wir, trotz aller Hochachtung vor dem erstaunlichen Gutachten des Instituts, in dickem Nebel. Vierzigjährige Männer dürfte es bei uns etwa eine halbe Million, wenn nicht mehr, geben. Wie viele davon haben braunes Haar? Selbst wenn das statistisch erfaßbar wäre, würde es uns nichts helfen, denn sollten wir etwa alle diese Männer überprüfen, ob einer von ihnen vor Jahren oder gar Jahrzehnten einmal rothaarig war? Unsinnige Idee! Kurz, der Mörder – wenn das gefundene Haarfragment überhaupt von seinem, Kopf stammte – konnte sich völlig sicher fühlen. Der Fall schien hoffnungslos.

Aber es gibt kein »perfektes« Verbrechen. Wir arbeiteten verbissen weiter. Natürlich hatten wir mit aller Sorgfalt und sehr gründlich – wenn ich nicht irre, vernahmen wir 27 Zeugen – die Lebensgewohnheiten der Ermordeten zu erforschen versucht. In ihrem Betrieb arbeitete sie zufriedenstellend, am gesellschaftlichen Leben nahm sie kaum teil. Offenbar las sie viel, wobei sie ältere, meist sentimentale Romane bevorzugte. Obwohl leidlich hübsch, hatte sie keinerlei Männergeschichten; unter ihren Kollegen gab es keinen, auf den die dürftige Charakterisierung »etwa vierzig Jahre, unauffällig braunhaarig« zutraf. Eine Arbeitskollegin hatte Frau Pirkhoff unlängst einmal gefragt, warum sie so abweisend gegen Kollegen sei, die versuchten, ihr den Hof zu machen. Sie hatte geantwortet: »Von denen denkt ja doch keiner ans Heiraten, die wollen bloß was anderes, aber dafür bin ich mir zu gut.« Frau Pirkhoff habe überhaupt strenge Moralbegriffe gehabt, betonten auch andere Kolleginnen. Die Nachbarn im Hause, die Verkäuferinnen in den Läden, wo Frau Pirkhoff regelmäßig einzukaufen pflegte, wußten wenig von ihr. Mit einem Mann, gar einem vierzigjährigen braunhaarigen, war sie von niemandem gesehen worden. Nur etwas war aufgefallen: Im letzten Monat sei sie, was sonst nie geschehen wäre, mehrmals abends ausgegangen; dabei sei sie, berichteten zwei Zeuginnen, jedesmal besonders gut angezogen und zurechtgemacht gewesen. Übrigens hatte sie auch, wie aus dem Tatortsfundbericht hervorging, ihr bestes Kleid getragen, als sie tot aufgefunden wurde.

Wo mochte Frau Pirkhoff diese Abende verbracht haben? Mit wem? Vielleicht mit ihrem Mörder? Aber woher kannte sie ihn, wie hatte sie ihn kennengelernt? Durch eine Freundin? Sie hatte keine. Die Briefträgerin sagte aus, Frau Pirkhoff habe ganz selten Post bekommen, allerdings seien es im vergangenen Monat drei oder vier Briefe gewesen; selbstverständlich habe sie, die Zeugin, sich diese nicht näher angesehen oder gar den Absender gelesen.

Der Tatort war eine abgelegene Stelle im Plänterwald in Berlin-Treptow. Der Kampf mußte allen Anzeichen nach sehr kurz, der Mörder also kräftig gewesen sein, allerdings war die Erdrosselte alles andere als sportlich-muskulös.

Ich ackerte – zum wievielten Male wohl schon? – noch einmal die technischen und chemischen Befunde über die Handtasche und die Kleidungsstücke durch. Dabei stieß ich schließlich doch auf etwas, was eine vage Hoffnung in mir weckte. An den fast neuen Schuhen des Opfers waren Reste des lehmhaltigen Waldbodens und verfaulten Laubwerks gefunden worden, darunter aber eine feine Staubschicht, in der mikroskopisch kleine Partikelchen einer bestimmten Art von Bohnerwachs nachweisbar waren. Das besagte natürlich nichts. Wahrscheinlich würde die Untersuchung meiner eigenen Schuhe, wenn man sie nach einem Waldspaziergang mit den zuverlässigen Methoden des Instituts vornähme, nichts anderes ergeben. Oder doch? Ich überlegte. Eine feine

Staubschicht? Beim Verlassen der Wohnung waren Frau Pirkhoffs Schuhe bestimmt sauber geputzt gewesen, und im Kino, im Restaurant oder Café ist der Fußboden nicht so ungepflegt, daß sich selbst bei vielem Hin- und Herlaufen eine Staubschicht auf den Schuhen absetzen würde. Wo also mochte Frau Pirkhoff gewesen sein?

Plötzlich wußte ich es! Ich rief die zuständigen Mitarbeiter der trassologischen und physikalisch-technischen Abteilungen im Institut an, und fünf Minuten später war ich schon auf dem Wege zu ihnen. In ihren Befunden waren zwar leichte, gleichmäßige Abschrammungen der beiden Sohlen und eine geringfügige Mehrabnutzung der Spitzen vermerkt worden, aber das war nichts Ungewöhnliches, denn Schrammen, auch ziemlich gleichmäßige, sind fast immer zufallsbedingt ; stärkere Abnutzung der Sohlenspitze sagt gemeinhin nur etwas über die Art zu gehen aus. Ich fragte die Kollegen: »Könnte es, vor allem nach eurer chemischen und mikrophysikalischen Analyse der Staubschicht, nicht möglich sein, daß in den Schuhen getanzt wurde?«

»Das ist sogar sehr wahrscheinlich, wurde mir sogleich bestätigt, »wenn auch nicht exakt nachweisbar.«

»Auch nicht im Zusammenhang mit den Wachspartikelchen in der Staubschicht?«

»Doch, das macht Ihren Schluß noch wahrscheinlicher, Genosse Hauptmann. Der Prozentsatz der Wachspartikelchen ist ungewöhnlich hoch, und Tanzböden werden bekanntlich stark gebohnert.«

Selbst mein übervorsichtiger Oberleutnant Becker stimmte nun meiner und des Genossen

Lorenz' Kombination zu, daß die Ermordete, bevor sie mit ihrem späteren Mörder in den Wald fuhr – mit welchem Fahrzeug? – ein Tanzlokal besucht haben mußte.

Leutnant Lorenz notierte sich als Auftrag: »Ermittlungen bei allen Taxifahrern.« Um es vorwegzunehmen: sie verliefen leider ergebnislos. – Wir teilten nun die folgende notwendige, äußerst umfangreiche Kleinarbeit kameradschaftlich unter uns auf. Wir klapperten, jeder mit einer Vergrößerung des Paßbilds der Toten versehen – andere Aufnahmen gab es nicht – alle nur denkbaren Vergnügungsstätten ab, in denen getanzt wird, und das sind sehr viel mehr, als der Berliner im allgemeinen annimmt. Selbstverständlich begannen wir in der Nähe des Tatortes. Aber wer achtet schon auf ein sicherlich ganz unauffälliges Paar? Keiner der befragten Angestellten, Kellner, Bardamen und Mixer, erinnerte sich.

Endlich, nach vierzehntägiger vergeblicher Arbeit – ich durchkämmte gerade den Stadtbezirk Mitte – gab mir Leutnant Lorenz einen wahrscheinlich scherzhaft gemeinten Hinweis: »Die Witwe Pirkhoff hat sicher einen Witwenball besucht!«

Oberleutnant Becker wurde böse, er liebte weder solche frivolen Scherze, noch leichtfertige, rein assoziative Kombinationen. Ich reagierte anders: Der junge Lorenz hatte uns schon oft eine gangbare Spur gewiesen. Ich suchte abends ein Ballhaus auf, in dem sich die »reifere Jugend« trifft und wo tatsächlich häufig »Witwenbälle mit Damenwahl« angekündigt werden.

Ich gestehe: Trotz einer gewissen beruflichen Abgebrühtheit fühle ich mich bei solchen Erkundungen nicht wohl in meiner Haut. Ich komme mir komisch vor. Als unternehmungslustiger alter Herr in einer Tanzbar? Peinlich. Als amüsierter weißhaariger Zuschauer in einem Restaurant mit Tanzfläche? Meinetwegen. Aber als anschlußsuchender »Witwer« unter Witwen und Strohwitwen in einem penetrant kleinbürgerlichen Bums mit Damenwahl? Nein, da brauchte ich zumindest eine moralische Stütze! Eine nette junge Kollegin der weiblichen Kriminalpolizei begleitete mich, ich bin ihr heute noch dafür dankbar: Jedesmal, wenn mich eine der zahlreichen lustigen Witwen – es herrschte spürbarer Männermangel – an ihren mächtigen Busen oder ihr entflammtes Herz zu pressen gedachte, kam ihr meine Begleiterin zuvor, indem sie mich rasch zur Tanzfläche zog …

Aber ich habe vorgegriffen. Denn die erste Überraschung erlebten wir schon an der Kasse. Meine Kollegin wurde aufgefordert, ihren Personalausweis vorzuzeigen. Sie war 26 Jahre alt. »Da darf ich Ihnen nich einlassen, Frollein«, erklärte ihr die Kassiererin kategorisch. »Zutritt is bei uns erst ab siebenundzwanzig.« Alle Witze, alle Fragen nach dem Grund dieser Seltsamkeit prallten wirkungslos ab, und es blieb uns nichts anderes übrig, als unseren Dienstausweis zu zeigen. Wir taten das nicht gern, denn wir hatten gehofft, in unverfänglichem Gespräch mehr zu erfahren. Aber das war ein Irrtum. »Warum ham Se denn det nich gleich jesagt?« fragte die Frau. »Es kommen doch öfter Kollegen von Ihnen hierher, und wenn ick kann, helf ik immer jerne.« Und tatsächlich: sie half uns. Sie erkannte Frau Pirkhoff auf dem Foto. »Die Dame war in letzter Zeit drei-

oder viermal bei uns«, sagte sie. »Ick muß mir ja alle Herrschaften jenau ankieken, wir wolln doch unsern Laden möglichst sauber halten.« Auch an den »Kavalier der Dame« erinnerte sie sich: »Ein stattlicher Mann, so um die Vierzig herum, etwas Glatze.«

»Aber sonst braunes Haar?«

»Det kann ick nich beschwörn ... Aber warten Se mal, der is doch auch schon früher öfter hierjewesen mit andere Damen. Ick weiß einen, der ihn kennt, einen Stammgast. Aber ob der heute hier ist?« Sie überlegte kurz. »Nee, noch nich. Aber vielleicht kommt er noch, dann bring ick Ihnen mit ihm zusammen.«

Wir warteten geduldig und tanzten ausdauernd, Walzer und Rheinländer hauptsächlich. Endlich – gegen 22 Uhr – brachte die Kassiererin einen Mann an unseren Tisch. Er machte den Eindruck eines soliden Grünkramhändlers im Sonntagsstaat, etwa 55 Jahre alt. Kaum hatte er einen Blick auf das Foto geworfen, da erklärte er auch schon bestimmt: »Die Dame habe ich hier zweimal mit einem Herrn gesehen. Ich kenne ihn nicht persönlich, ich weiß nur zufällig, daß er so eine Art Empfangschef in einem Möbelhaus ist. Auf die Damen macht er immer Eindruck; ich verstehe gar nicht, warum. Eine Schönheit ist er nicht, aber er hat einen prima Benimm und in den Augen so was Gewisses, worauf die Damen fliegen ...«

»Hat er braunes Haar?«

»Möglich. Aber vorn bestimmt nicht.« Er lachte. »Zu hohe Stirn!«

Wir ließen uns den Gesuchten ausführlicher beschreiben, aber es kam nichts Brauchbares mehr zutage. Dennoch hatten wir jetzt eine Spur. Und zugleich eine Vermutung.

Ich beauftragte Oberleutnant Becker mit der ziemlich umständlichen Ermittlung, ob Frau Pirkhoff ein Bank- oder Postscheckkonto oder, was wahrscheinlicher war, ein Sparkassenbuch besessen habe.

Dann machte ich mich mit Leutnant Lorenz auf den Weg durch sämtliche großen Möbelhäuser. Dabei hatten wir Glück oder, wenn man will, auch Unglück. Wir entdeckten zwar die Arbeitsstätte des Gesuchten, aber nicht ihn. Er war – angeblich zwei Tage vor dem Mord – nach Leipzig übergesiedelt. Allerdings kannten wir jetzt Namen und Personalien: Alfons Kruhe, 41 Jahre alt, im August 1960 aus Westdeutschland zugereist, Beruf Kaufmann.

Oberleutnant Beckers Ermittlungen bestätigten, was ich vermutete: Frau Pirkhoff hatte am Nachmittag des Mordtages ihr gesamtes Sparguthaben – 7 450 Mark – abgehoben. Das Buch war nicht gefunden worden.

»Ein Heiratsschwindler«, erklärte ich dem etwas verblüfften Tatsachenforscher Becker. »Dem Kerl ist vermutlich der Boden in Westdeutschland zu heiß geworden und er hat daraufhin seine segensreiche Tätigkeit – wer weiß nach wieviel Morden – zu uns verlegt. Fahren wir nach Leipzig und holen ihn uns.«

Formvollendet begrüßte uns Herr Kruhe in der Teppichabteilung des großen Möbelhauses und fragte diensteifrig nach unseren Wünschen. Er erbleichte, als ich ihn statt einer Antwort fragte, weshalb er sich sein Haar so überaus kurz habe scheren lassen; das frühere Braun habe doch – bei seinem Privatgewerbe – viel verführerischer gewirkt als das jetzige Rot.

Wir führten ihn ab. Schon im Wagen begann er ein Geständnis abzulegen, drei Morde in Westdeutschland, bei uns den ersten an Frau Josefine Pirkhoff.

Herr Ledewandt von nebenan

Die Frau machte den Eindruck einer Hysterikerin. Sie war nicht aufgeregt, sondern exaltiert. Sie hatte Anzeige erstattet, und da sie behauptete, ihr Nachbar Ledewandt habe seine Frau ermordet, mußte die Kommission der Sache nachgehen, obwohl es sich offenbar um einen Fall von übersteigertem Geltungsbedürfnis handelte.

Die Frau bewohnte schon seit langem ein Häuschen in der Schrebergartenkolonie »Erntesegen«. Ihr Mann, ein ehemaliger Apotheker, war vor etwa anderthalb Jahren verstorben. Sie war hübsch, vierunddreißig Jahre alt, etwas füllig und, wenn sie nicht erregt war, von einer mütterlichen Liebenswürdigkeit, die Leutnant Lorenz, der sich bei Frauen auskannte, später einmal die »Schmiegsamkeit eines Blutegels« nannte. (Er liebte bizarre Vergleiche.) Die Augen der Frau waren auffallend rund und groß, aber bläßlich und wie mit hellblauer Emaille überzogen. Ihr Haar, weder gefärbt noch gebleicht, glänzte goldblond. Sie war aufdringlich süß parfümiert. Evelyn hieß sie, Evelyn Burger.

Peter Brückner hatte sie zunächst allein aufgesucht. Frau Burger zog ihn, kaum daß er sich vorgestellt hatte, hastig ins Haus, sah ängstlich zum Nachbargrundstück hinüber, schloß rasch die Tür und drehte noch den Schlüssel um. Sie sprach leise, flüsterte nicht nur anfangs, sondern fast während der ganzen Befragung. Ihr schönes, sichtlich sorgsam gepflegtes Haar war zum Schluß zerzaust, weil sie fortwährend daran herumgezupft hatte. Ihre matten Augen glitzerten.

»Kommen Sie bitte mit hinauf«, sagte sie und ging die schmale, steile Holztreppe voran. »Von meinem Schlafzimmer aus können Sie es deutlich sehen.« Ihr Häuschen war das einzige in der Kolonie, das ein Obergeschoß hatte.

Als Brückner an das Mansardenfenster treten wollte, hielt sie ihn aufgeregt zurück. »Bitte nicht!« flüsterte sie heiser. »Bitte nicht, ich habe Angst.« Nur ganz wenig schob sie den Vorhang beiseite und winkte Brückner heran. »Dort drüben hinter den beiden Stachelbeerbüschen.« Ihre Hände zitterten. Eine starre Querfalte auf der Stirn hatte sich vertieft und wirkte wie mit einem Messer eingefurcht. Ihr penetrantes Parfüm überflutete Peter Brückner, der eine tiefe Aversion gegen alle sogenannten Wohlgerüche hegte.

Was er draußen sah, war läppisch. Eine längliche Grube war ausgehoben, die man allerdings mit einiger Phantasie für eine Grabstätte halten konnte. »Ja und?« fragte er lächelnd.

»Vergangene Nacht hat er das ausgeschaufelt«, flüsterte sie. »Es war heller Mondschein. Ich habe es genau beobachtet.«

»Lassen Sie uns wieder nach unten gehen, Frau Burger«, sagte Brückner ruhig. »Dort werden Sie mir alles genau erzählen.«

Sie erzählte. Stockend und langsam, ohne ihr nervtötendes Geflüster aufzugeben, sprach sie zwischendurch plötzlich wieder wie gehetzt und nahezu unverständlich. Auf Brückners behutsam eingestreute Einwände reagierte sie spürbar böse. So etwa, als er sie fragte: »Wie erklären Sie sich das, Frau Burger, daß Ihr Nachbar Ledewandt erst vier Tage nach dem Mord das Grab schaufelte?«

»Weil er die ganze Zeit schwer betrunken war.«

»Woher wissen Sie das?«

»Weil ich es beobachtet habe! Er taumelte in seinem Garten herum. Vorgestern hat er von frühmorgens bis spätnachmittags wie tot vor seiner Tür gelegen. Erkundigen Sie sich bei der Briefträgerin, sie kann es bestätigen.«

»Gut, Frau Burger«, sagte Brückner und ging zur Tür.

»Wir werden Ihrer Anzeige gewissenhaft nachgehen.« Sie krallte sich förmlich an ihm fest. »Aber lassen Sie mich dabei aus dem Spiel!« schrie sie plötzlich schrill, und unvermittelt, als sei sie über sich selbst erschrocken, flüsterte sie wieder: »Ich habe Angst! Ich habe furchtbare Angst vor dem Kerl ...« Ihre Augenlider flatterten wie bei einer Kokainsüchtigen. Brückner murmelte noch ein paar beruhigende Worte. Sie schien sie gar nicht zu hören, zumindest den Sinn nicht aufzunehmen. Er war froh, als er die offenbar Nervenkranke verlassen hatte. Unsere Volkspolizei ist gesetzlich verpflichtet, jeder Anzeige, auch unsinnig scheinenden und sogar anonymen, nachzugehen. Oft verlangt gerade das viel zusätzlichen Aufwand und Fingerspitzengefühl, weil keinesfalls die Bevölkerung beunruhigt oder gar ein schuldlos Verdächtigter an seinem Ruf geschädigt werden darf.

Brückner, Becker und Lorenz waren deshalb ziemlich verärgert, als sie in ihrem Dienstzimmer unter sich waren, weil sie inmitten einer im Augenblick besonders wichtigen, komplizierten Arbeit nun auch noch mit dieser Ausgeburt einer krankhaften Phantasie belastet worden waren.

Becker mußte es übernehmen, erst einmal Tatsachen zu ermitteln. Er ließ deshalb mehrere geschickte Mitarbeiter in der Schrebergartenkolonie und in benachbarten Geschäften herumhören; die Befragung des angeblichen Mörders Ledewandt behielt Brückner sich selbst, Becker oder Lorenz vor.

Um nichts zu versäumen, erkundigte Brückner sich zunächst beim Abschnittsbevollmächtigten der Siedlung nach Frau Evelyn Burger.

Oberleutnant Katte lächelte. »Ach, die!« sagte er und seufzte leicht. »Hat sie schon wieder mal ein Faß aufgemacht? Die Frau ist nämlich krankhaft veranlagt. Schon mehrmals hat sie harmlose Nachbarn schrecklicher Dinge verdächtigt; Einbruchsdiebstahl und Brandstiftung sind noch das geringste, einmal meldete sie mir sogar einen Kindsmord einschließlich nächtlichem Vergraben der Leiche, während Mutter und Kind gesund und munter noch im Entbindungsheim lagen. Wenn mir die schöne Evelyn, wie man sie hier oft ironisch nennt, jetzt mit so was kommt, nehme ich es scheinbar völlig ernst und sage, ich ginge der Sache nach ...«

Brückner lachte. »Und lassen sie dann schwimmen?«

»Das nicht gerade. Das darf ich ja nicht. Aber wenn sich dann, wie voriges Jahr einmal, der namentlich angezeigte Einbrecher als Steinmarder, der ein Dutzend Hühner umgebracht hat, herausstellt oder wie unlängst ein qualmender Rauchfang als angebliche Brandstiftung eines Ingenieurs Möller, dann streitet sie, weil das ganze Schrebergartenvolk sie auslacht, beleidigt ab, jemals so etwas angezeigt oder auch nur entfernt solchen Unsinn behauptet zu haben.«

»Also mit einem Wort, Genosse Katte, eine Halbirre?«

»Hm, ja.« Der Abschnittsbevollmächtigte nickte. »So könnte man's nennen. Aber nicht durchweg. Gegenüber jungen Männern ist sie beinahe normal, allerdings auch ziemlich mannstoll.«

»Geschwätz oder Tatsache?«

»Beides. Aber ich glaube, man muß das und überhaupt ihre Absonderlichkeiten zu verstehen suchen. Die Frau hat kein schönes Leben gehabt. Doch das interessiert Sie wohl kaum.«

»Was wissen Sie von ihrem Leben? Mich interessiert stets alles Menschliche, Genosse Katte, auch wenn es nicht unmittelbar mit einer laufenden Ermittlung zu tun hat.«

Der ABV war sichtlich ein bißchen stolz, besonders gut unterrichtet zu sein, und erzählte bereitwillig. Evelyn Pauske, siebtes Kind einer Schneiderfamilie, beide Eltern Alkoholiker, hatte, knapp zwanzigjährig, den um einunddreißig Jahre älteren Apothekenbesitzer Friedrich Burger geheiratet. Sie erzählte jedem, der es hören wollte, ihre Eltern hätten sie, obwohl sie bestimmt ein Filmstar geworden wäre, dazu gezwungen. Jedenfalls ging es nicht gut mit dieser Ehe. Die junge, lebenshungrige Frau betrog den leistungsschwachen Burger mit zahlreichen jüngeren Männern. Es gab, da sie das schamlos offen trieb, mehrere Skandale.

Vor etwa drei Jahren wurde der Apotheker in eine üble Sache verwickelt und eingesperrt; er war, als das Gesetz noch in seiner vollen Härte galt, an einer Abtreibung mit tödlichem Ausgang beteiligt gewesen. Nach seiner Haftentlassung blieb ihm nichts anderes, als zu seiner Frau in das ziemlich ärmliche Siedlungshäuschen zu ziehen, das vordem ihren Eltern gehört hatte. Da gegen Burger auch ein Berufsverbot ausgesprochen worden war, gammelte er so dahin, weigerte sich jedoch strikt, sich von Evelyn scheiden zu lassen. Da starb er plötzlich. Vor sechzehn Monaten. An Gift, wurde festgestellt. Doch das war angesichts seines früheren Berufs nur wenig verdachterregend.«

»Also doch Verdacht«, warf Brückner ein. »Auf seine Frau?«

»Auf wen sonst?« antwortete Katte leicht ironisch. »Geschwätz kann in der Enge einer Schrebergartensiedlung nicht ausbleiben. In diesem Fall schon gar nicht, weil sich die junge Witwe nun noch gieriger an jungen Männern schadlos zu halten versuchte.«

»Nur versuchte?«

»Nur. Denn sie hatte damit zunehmend weniger Glück. Nicht bloß, weil sich die von ihr Auserwählten wegen der umlaufenden Gerüchte ängstlich oder sogar offen ablehnend verhielten, sondern hauptsächlich, weil man sie für völlig unberechenbar bis zu gefährlichem Verrücktsein hielt.«

»Gab es überdies besondere Anlässe?«

»Mehrere. Darunter einen besonders beängstigenden. Sie war es, wie während des Prozesses evident wurde, die ihren Mann angezeigt hatte. Dann aber, als sich das Gericht wider Erwarten auch mit ihrer höchst zweifelhaften Rolle in der Angelegenheit beschäftigte – sie nannte die Verstorbene ihre ›beste Freundin‹ –, tat sie plötzlich alles, um ihren verhaßten Gatten zu entlasten. Das geschah geradezu verrückt widerspruchsvoll. ›Sie hat nicht alle Tassen im Schrank‹, sagen die Leute von ihr, und so ist es wohl auch, Genosse Hauptmann.«

»Gemeingefährlich ist sie nicht?«

»Die Psychiater sagen nein.«

Brückner schüttelte den Kopf, er war sichtlich nicht recht einverstanden mit den Seelenärzten.

Dies waren die ersten Untersuchungsergebnisse: Klaus Ledewandt, knapp einundzwanzig Jahre alt, vier Jahre zuvor einmal von einem Jugendgericht wegen Tierquälerei verurteilt, arbeitsscheu und in seinem derzeitigen Beruf als Lagerarbeiter sehr unzuverlässig, war verheiratet mit der achtundzwanzigjährigen Sieglinde geborene Haffke, einer, wie allgemein gesagt wurde, sehr robusten, arbeitsamen, aber ziemlich geschwätzigen Person. Sie war den meisten Frauen in der Kolonie gut bekannt, jedoch mit keiner befreundet. Dazu redete sie zuviel und meist reaktionäres Zeug. Ihren jungen Ehemann beherrschte sie völlig.

Mehrere der befragten Frauen erzählten, was

übrigens schon die Zeugin Evelyn Burger zu Brückner gesagt hatte, daß Frau Ledewandt »ihren Klaus« stets wie einen dummen Jungen behandelte und ihn sogar gelegentlich verprügelte. Nun war Frau Ledewandt, die man sonst täglich beim Einkauf oder bei einem Schwatz auf einem der Heckenwege der Kolonie sehen konnte, seit vier Tagen verschwunden.

Das brauchte aber kaum etwas zu bedeuten. Sie konnte krank sein und zu Haus im Bett liegen; zu einer Verkäuferin, die beiläufig nach ihr fragte, hatte Ledewandt das sogar gesagt. Doch merkwürdigerweise hatte er tags zuvor, als er nicht weniger als fünf große Flaschen Weinbrand einkaufte, zu einem Nachbarn, der im Laden neben ihm stand und ein erstauntes Gesicht machte, lachend gesagt: »Meine Alte ist verreist, da muß ich mich doch trösten.«

Die Briefträgerin, auf die Aussage Evelyn Burgers verwiesen, bestätigte: Klaus Ledewandt hatte zu der von der Zeugin angegebenen Zeit sinnlos berauscht vor der Tür seiner Laube gelegen.

Becker suchte ihn auf. Ein Bürschlein, schwächlich aussehend, blaß und stoppelbärtig; sichtlich hatte er sich tagelang nicht rasiert. In dem primitiven Wohnraum herrschte Unordnung; benutztes Eßgeschirr stand herum, eines der beiden Betten war nicht gemacht und schien in diesem Zustand immer wieder benutzt worden zu sein. Elf leere Schnapsflaschen waren achtlos in eine Ecke neben dem Kanonenofen geworfen worden.

»Wo ist Ihre Frau, Herr Ledewandt?« fragte Becker.

»Die ist verreist.«

Becker, leider kein großer Psychologe, behauptete später, Ledewandt habe vor dem letzten Wort kurz gestockt.

»Wohin?«

»Sie hat gesagt: nach Angermünde zu ihrer Schwester Karla.«

Das kam so langsam und beinahe zögernd, daß Becker erstaunt die Brauen hob. »Sie hat gesagt«, wiederholte er verwundert, »wissen Sie das denn nicht sicher?«

Ledewandt schüttelte den Kopf und wiederholte leise: »Sie hat es gesagt.«

Becker räusperte sich. »Ihre Frau könnte Sie also belogen haben?«

Ledewandt nickte bekümmert. »Wie wir die letzte Zeit zueinander standen, wäre das gut möglich.«

Becker überlegte: Sollte der ziemlich beschränkt wirkende Mann so raffiniert sein, um vorzubauen, falls wir seine Frau nicht bei ihrer Schwester finden? »Haben Sie die Anschrift?« fragte er.

Klaus Ledewandt zuckte leicht zusammen; offenbar hatte er diese naheliegende Frage nicht erwartet.

Er ist, folgerte Becker, kein logischer oder gar wendiger Denker.

»Nein«, erklärte Ledewandt verlegen. »Ich weiß nicht einmal Karlas jetzigen Familiennamen. Sie hat vor kurzem geheiratet.«

»Wäre es möglich, daß Ihre Frau Sie auch in dieser Sache belogen hat?«

Ledewandt atmete unverkennbar auf; diese Frage schien ihm, obwohl beschämend, willkommen zu sein. »Wie wir in letzter Zeit zueinander standen, wäre das gut möglich«, wiederholte er monoton.

»Ihre Frau ist sieben Jahre älter als Sie, nicht wahr? Wie ist es zu dieser Ehe gekommen?«

Ein Anflug von Lächeln kam in Ledewandts bleiches Gesicht. »Ich bin immer schon auf ältere Frauen geflogen, und ...«

»Etwas anderes, Herr Ledewandt«, unterbrach ihn Becker. »Sie haben doch früher, sagen die Nachbarn, nie im Garten gearbeitet; das hat stets nur Ihre Frau getan.«

»Weil Siegi Spaß daran hatte. Sie ist von Natur eben so.«

»Nun, es gibt in einem Garten ja nicht bloß so anstrengende Tätigkeiten wie beispielsweise das Ausheben einer Grube.«

Ledewandt lächelte jetzt sogar. Er war gar nicht, wie Becker erwartet hatte, erschrocken oder auch nur betroffen. War er auf diese Frage vorbereitet gewesen?

Jedenfalls antwortete er flüssig und sichtlich unbefangen: »Ich hatte aus Kummer, weil Siegi mich verlassen hat, drei Tage lang stark getrunken. Ich kann es immer noch nicht fassen, daß sie weg ist. Sie hat immer gesagt, sie hätte mich aus Liebe geheiratet. Doch man kann ja nicht ewig weitertrinken. Deshalb habe ich mir, um darüber hinwegzukommen, etwas im Garten zu schaffen gemacht und eine Grube gebuddelt.«

»Nachts?«

Er hob etwas verlegen die Schultern. »Es war Vollmond. Ich hatte vorher lange genug geschlafen.« Sein Blick streifte wie zur Erklärung die leeren Schnapsflaschen in der Ecke.

»Mußten Sie nicht tagsüber beruflich tätig sein?«

»Eigentlich ja. Aber ich habe blaugemacht. Ich habe mich vor den Anpflaumereien der Kollegen gefürchtet.«

»Ihre Kollegen konnten doch gar nicht wissen, daß Ihre Frau Sie verlassen hatte.«

»Das habe ich mir nicht überlegt. Ich war völlig durcheinander.«

»Und jetzt haben Sie sich gefangen?«

»Einigermaßen«, antwortete er.

Da warf ihm Becker plötzlich schroff die entscheidende Frage hin: »Was wollten Sie in dem Loch vergraben?«

Doch überraschend prompt, mit kleinem Aufatmen sogar, kam die Antwort: »Gerümpel, das sich im Laufe der Jahre hinterm Haus angesammelt hat.« Er stand auf und deutete aus dem rückwärtigen Fenster: »Da, sehen Sie.«

Becker erblickte einen großen Schutthaufen. Er nickte zerstreut. Selbstverständlich hätte er nach dem jetzigen Stand der Ermittlung – wegen Verdunklungsgefahr – eine Hausdurchsuchung vornehmen können. Aber ohne schriftlichen Befehl und ohne vorher die erforderlichen Zeugen herbeigeholt zu haben, täte er so etwas nur im Notfall.

»Wenn sich tatsächlich der Verdacht verdichtet«, erklärte er, als er Brückner berichtete, »wäre auch morgen noch eine in diesem Haus versteckte, verwesende Leiche unschwer zu finden. Übrigens«, schloß er etwas sprunghaft, »habe ich auch das zweifelhafte Vergnügen gehabt, diese Evelyn Burger kennenzulernen. Klarer Fall von hysterischem Geltungstrieb. Sie muß unentwegt das Nachbarhaus beobachten, denn sie sah mich hineingehen und nachher herauskommen. Als ich um die Ecke des Heckengangs gebogen war, kam sie aufgeregt hinter mir her. ›Haben Sie die Tote gefunden, Herr Kommissar?‹ fragte sie.« Becker lachte. »Natürlich wieder flüsternd. Aber als ich den Kopf schüttelte, rief sie schrill: ›Also läuft der Mörder weiter frei herum, und ich kann sein nächstes Opfer sein! Weil ich ihn angezeigt habe …‹ Es war gar nicht so leicht, die sonderbare Dame abzuschütteln.«

Obwohl nur der Mädchenname Karla Haffke bekannt war, bedeutete es für den Fahndungsdienst eine Kleinigkeit, in Angermünde festzustellen, daß es dort überhaupt keine Schwester der verschwundenen Sieglinde Ledewandt geborene Haffke gab und nie gegeben hatte. Frau Sieglinde hatte demnach ihren Mann oder dieser Oberleutnant Becker belogen.

Nun war also doch eine Hausdurchsuchung fällig. Nicht etwa, um nach einer Leiche zu suchen – denn wo sollte diese, ohne sich bei dem relativ warmen Wetter in dem kleinen, nicht einmal unterkellerten Holzbau sogleich bemerkbar zu machen, vier, fünf Tage lang stecken? –, sondern die von Frau Ledewandt hinterlassenen oder gerade nicht hinterlassenen Kleidungsstücke zu überprüfen. Es gibt nämlich, selbst wenn eine Menge Zeug zurückbleibt, bei einer Frau stets bestimmte Gegenstände – Toilettenartikel, Schmuck und dergleichen -, die, je nachdem, ob sie fehlen oder noch vorhanden sind, sehr aussagekräftig sind.

Brückner ließ sich den Durchsuchungsbefehl unterschreiben und begab sich mit Lorenz in die Kolonie »Erntesegen«.

Klaus Ledewandt empfing die beiden Kriminalisten sichtlich erleichtert. Das Zimmer war aufgeräumt und sauber. »Gott sei Dank«, sagte er, »jetzt ist alles klar.« Und bevor Brückner den Durchsuchungsbefehl aus der Tasche ziehen konnte, reichte er ihm einen Brief. »Meine Frau hat geschrieben. Aus Hamburg. Sie hat immer schon gesagt, daß sie abhauen wollte; jetzt hat sie's getan. Es ist erwiesen.«

Brückner überflog die wenigen Zeilen. »Ich bin hier in Hamburg bei meinem Jugendfreund Jens-Dieter. Mit meiner Rückkehr kannst du nicht mehr rechnen. Am besten, du reichst die Scheidung ein. Deine Sieglinde«.

Das war unmißverständlich. Der »Mordfall« war damit erledigt.

Lorenz grinste lausbubenhaft als sie gingen. »Mal eben nach Hamburg fahren«, sagte er, »heutzutage eine Kleinigkeit, nicht wahr?«

»Nun, was ist, meine Herren?« Evelyn Burger verstellte ihnen den Weg. Ihre Augen funkelten sensationslüstern.

»Die Ermordete ist vergnügt und munter«, raunzte Brückner. »Sie läßt Sie bestens grüßen.«

»Nein, so was«, stammelte sie und zog sich gekränkt hinter ihre Gartenpforte zurück.

Es wird bei uns oft über Routine und Bürokratismus geschimpft, nicht selten, wenn es um die Arbeit unserer Volkspolizei geht. Meist zu Unrecht. Jedenfalls wäre der Fall Ledewandt wohl nie aufgeklärt worden, hätte nicht Hauptmann Brückner – ganz routinemäßig und ohne jede Erwartung – den Brief aus Hamburg zur Prüfung ins Kriminalistische Institut geschickt. Das Gutachten war verblüffend. Die Analyse ergab, daß die Schrift mehr als zwei Wochen alt war.

In der Wohnungsverwaltung des Bezirks fand Becker einen alten Beschwerdebrief und mehrere Eingaben, die Frau Ledewandt geschrieben hatte. Der Schriftenvergleich in der Abteilung Grafik bewies einwandfrei, daß der Hamburger Brief keinesfalls von ihrer Hand stammte. Zu allem Überfluß fanden sich auch noch zwei deutliche Fingerabdrücke Klaus Ledewandts auf dem Briefbogen und keine anderen.

Nunmehr mußten Brückner, Becker und Lorenz zwei Nächte lang Außendienst tun, denn sie ließen es sich nicht nehmen, den interessant gewordenen Fall persönlich abzuschließen.

In der zweiten Nacht, morgens gegen halb fünf Uhr, wurde die Haustür leise von Frau Burger geöffnet.

Sie kam heraus. Ihr folgte Klaus Ledewandt.

Beide spähten zunächst nach allen Seiten; dann zogen sie ein längliches, in Leintücher gehülltes und verschnürtes Etwas heraus, schleppten es zum Zaun und wälzten es hinüber.

Als sie drüben die Leiche in die Grube gezerrt hatten und eben mit dem Zuschütten beginnen wollten, wurden sie verhaftet.

Beim Verhör prahlte die Hysterikerin, ohne im geringsten zu spüren, wie lächerlich sie sich damit machte, wie überaus schlau sie gehandelt habe. Sie behauptete überzeugt, wenn ihr derzeitiger Liebhaber Klaus Ledewandt »nach der Tat nicht so viel getrunken und sich beim Verhör nicht so dämlich angestellt hätte«, wäre ihre wohlüberlegte Anzeige das zuverlässigste Mittel zur Ablenkung der Polizei gewesen, und der daraufhin »wegen erwiesener Unschuld« freizusprechende, charakterschwache, aber im Bett leistungsfähige Klaus Ledewandt hätte ihr, wie sie sich ausdrückte, »ganz gehört«.

Jetzt aber würde er – was sie natürlich nicht voraussah – wegen Beihilfe zum Mord verurteilt werden und einige Jahre einer Haftanstalt »ganz gehören«, während sie, der Mordtat überführt, in einer geschlossenen Anstalt für Geisteskranke ihr weiteres Leben zu verbringen hatte.

Kalte Spuren

Thomas Kanthaak, einundvierzig Jahre alt, in gewissen Kreisen und von seiner siebzehnjährigen Geliebten Rosemarie Pauder »Massi« genannt, war nach zweieinhalb Jahren im Januar 1960 aus dem Zuchthaus entlassen worden.

Er war an einem Raub von mehr als 400 000 Mark Lohngeldern beteiligt gewesen. Dieses Verbrechen war mit besonderer Frechheit ausgeführt worden und hatte einem Angehörigen des Betriebsschutzes das Leben gekostet; einer der Einbrecher hatte den Mann, ehe dieser zur Waffe greifen konnte, mit einem Brecheisen niedergeschlagen. Das mußte morgens gegen fünf Uhr geschehen sein, kurz nachdem die plombierten Geldbeutel in dem altmodischen Stahlschrank des Kassenraums deponiert worden waren und der polizeilich gesicherte Transportwagen das Werkgelände verlassen hatte.

Peter Brückner, damals mit den Ermittlungen betraut, konnte nicht beweisen, daß Kanthaak den Totschlag begangen hatte. Trotz vieler belastender Indizien konnte der gewandte »Massi« vor Gericht einem republikflüchtig gewordenen Komplizen, dem dreiundfünfzigjährigen Kassierer des Werks, Joachim Münther, die Schuld zuschieben. Thomas Kanthaak blieb auch, ebenso wie der dritte Beteiligte, der noch sehr junge Hilfsarbeiter Eberhard Böttcher, welcher angab, »nur Schmiere gestanden« und erst später geholfen zu haben, die Beutel aus dem Fenster zu werfen, unbeirrbar bei seiner Aussage, der Kassierer Münther habe das geraubte Geld mitgenommen.

Tatsächlich war weder bei Kanthaak noch bei Böttcher etwas gefunden worden. Böttcher war mit einem Jahr Freiheitsentzug davongekommen, da die Ermittlungen Brückners und seiner Mitarbeiter beweiskräftig ergaben, daß er an dem Totschlag schuldlos war.

Der Fahrer des Wagens, eines EMW-Kombi, mit dem die Beute fortgeschafft worden war, konnte nicht ermittelt werden. Kanthaak und Böttcher behaupteten, nur der geflüchtete Münther habe ihn persönlich gekannt. Die Bundespolizei, um Ermittlungs- und Fahndungshilfe ersucht, antwortete ausweichend.

Jetzt also war »Massi« aus dem Zuchthaus entlassen worden.

»Glücklicherweise«, sagte Staatsanwalt Rosner zu Brückner, »hat seinerzeit das Gericht die Anklage wegen Totschlags nicht fallengelassen, sondern das Verfahren abgetrennt.«

»Ich weiß«, antwortete Brückner. »Deshalb haben wir auch die Ermittlungen nie ganz ruhen lassen, und Kanthaak steht, seit er vorgestern die Haftanstalt verlassen hat, unter Beobachtung.«

»Haben Sie noch eine Hoffnung, ihn zu überführen?«

Peter Brückner zuckte die Achseln. »Wenig. Aber man muß es versuchen.«

»Sind Sie überzeugt, daß er und nicht der republikflüchtige Münther der Täter ist?«

»Überzeugtsein nützt dem Kriminalisten wenig«, sagte Brückner und lächelte bitter, »er braucht Beweise. Hier gibt es jedoch, wie Sie wissen, nur Indizien. Der damals dreiundfünfzigjährige Kassierer Münther, den Kanthaak belastete – er selbst habe, weil er die Säcke trug, doch gar keine Hand frei gehabt –, ist ein besonders kleiner, schmächtiger Mann, nur ein Meter achtundfünfzig groß. Nach dem Gutachten des Kriminalistischen Instituts könnte ein so kleiner Mann die Tat nur begangen haben, wenn er auf einer Erhöhung, einem Stuhl etwa, gestanden hätte. Das gerichtsmedizinische Gutachten besagt überdies, daß der tödliche Schlag von einem kräftigen Mann geführt wurde. Kanthaak ist kräftig, Kanthaak ist ein Meter zweiundneunzig groß, der Erschlagene maß eins dreiundsiebzig.«

»Hat die neuerliche Beobachtung Kanthaaks schon etwas ergeben?«

»Nein. Nachdem er die Haftanstalt verlassen hatte, erledigte er die Meldeformalitäten und suchte die vom Strafvollzug informierte Kaderabteilung des Zementwerks auf. Er wurde eingestellt. Übermorgen wird er dort zu arbeiten beginnen« – Brückner sprach etwas leiser und lächelte –, »gleichzeitig aber auch mein Mitarbeiter Lorenz.«

»Wie ist denn das mit ›Massis‹ sogenannter Braut? Rosemarie hieß sie wohl, wenn ich mich recht erinnere.«

»Damals, noch während der Untersuchungshaft, besuchte sie Kanthaak einmal. Später nie wieder. Sie schrieb ihm auch nicht. Inzwischen hat sie einen gewissen Siegfried Kitzbeck geheiratet, den Inhaber einer Autoreparaturwerkstatt. Gegen den liegt nichts vor. Kanthaak hat nach seiner Entlassung natürlich gleich versucht, mit seiner früheren ›Braut‹ zusammenzutreffen; er ließ sich von ihren Eltern die Adresse geben. Das Weitere müssen wir abwarten.«

Becker, mit der Beobachtung betraut, brauchte nicht lange zu warten. Thomas Kanthaak suchte schon am nächsten Tag seine frühere Geliebte in Köpenick auf. Frau Kitzbeck, wie sie nun hieß, war nicht zu Hause. Von Nachbarn erfuhr er, daß sie als Verkäuferin im Warenhaus am Alex arbeite.

Nach Feierabend paßte Kanthaak sie ab. »Er zog den Hut und sprach sie an«, berichtete Becker, »Sie erschrak sichtlich. Die beiden wechselten nur ein paar Worte, dann lief die junge Frau hastig hinter einigen Kolleginnen her und schloß sich diesen an. Kanthaak machte enttäuscht kehrt. Ich hatte den Eindruck, daß er entschieden abgewiesen worden war. Inzwischen«, fuhr Becker fort, »habe ich mich genauer über diese Rosemarie Kitzbeck, vordem unverehelichte Pauder, informiert. Sie ist tüchtig, arbeitet zuverlässig; ihre Ehe mit Kitzbeck ist nach Auskünften der Nachbarn gut.«

Diese Ermittlungen deckten sich mit jenen, die während der vergangenen drei Jahre gelegentlich gemacht worden waren; denn selbstverständlich hatte Brückner auch diese Spur – obgleich er und seine Mitarbeiter sie für ziemlich »kalt« hielten –

nicht völlig außer acht gelassen. Jetzt allerdings war sie nicht nur ganz kalt, sondern offenbar tot.

Vielleicht war jedoch eine zweite lebendiger? Was war inzwischen aus Eberhard Böttcher geworden?

Nach Verbüßung seiner einjährigen Strafe war ihm wunschgemäß Arbeit auf einem volkseigenen Gut bei Berlin vermittelt worden. Brückners mehrfache, unauffällige Anfragen ergaben, daß Böttcher zwar nicht zu den Fleißigsten gehöre, sich aber auch nichts zuschulden kommen lasse. Er sorge pflichtgemäß für seine Frau und ein Kind. Nach seiner Haftentlassung war er eine Zeitlang besonders aufmerksam beobachtet worden, um festzustellen, ob er vielleicht durch verdächtige Geldausgaben auffalle. Nein, er lebte offenkundig von dem, was er verdiente. Manchmal machte er sogar geringfügige Schulden.

Hauptmann Brückner und seine beiden Mitarbeiter hatten sich schon während der Ermittlungstätigkeit vor dem Prozeß ein Bild von diesem Mann gemacht. Eberhard Böttcher war nicht besonders klug, wenn auch manchmal schlau. Dennoch hätte er, falls nach dem Raub eine größere Summe in seinen Händen geblieben wäre, nicht anderthalb Jahre oder länger gezögert, sie anzugreifen, denn er trank gern und liebte Glücksspiele. Man durfte demnach als ziemlich gewiß annehmen, daß Böttchers Aussage vor Gericht gestimmt hatte, er habe damals nichts von der Beute erhalten, weil es Joachim Münther gelungen sei, sich damit, ehe er gefaßt werden konnte, nach dem Westen abzusetzen.

»Massi« schien gleicher Ansicht zu sein. Er versuchte gar nicht erst, mit seinem ehemaligen

Komplizen zusammenzutreffen. Er schrieb Böttcher lediglich ein paar Zeilen, in denen er ihm seine Haftentlassung mitteilte. »Entschuldige, lieber Hardi«, schrieb er, »daß ich dich damals mit in die Tinte gebracht habe.«

Die Fotokopie des Briefchens lag vor Brückner auf dem Schreibtisch.

Kanthaak schloß mit den Worten: »Ich will jetzt versuchen, mein großes Unrecht wiedergutzumachen. Von dir, lieber Hardi, nehme ich dasselbe an. Es grüßt dich herzlich dein ehrlich gewordener Massi.«

Brückner runzelte die Stirn, als er diese kitschigen Phrasen las. Er ordnete an, zu beobachten, ob Böttcher auf diesen Brief antworten oder versuchen würde, persönlich die Verbindung mit Kanthaak aufzunehmen. Das geschah nicht.

Im Zementwerk paßte Lorenz auf. Da er gleichzeitig mit Kanthaak, der ihn vordem nie gesehen hatte, als Hilfsarbeiter eingestellt worden war, schien es natürlich, ja fast selbstverständlich, daß er zusammen mit ihm im selben Raum der Wohnbaracke untergebracht wurde.

Nach Feierabend schimpfte er wie ein Rohrspatz auf die schwere, staubige Arbeit beim Überholen einer Kugelmühle. Er fragte Kanthaak kaum etwas, erzählte aber in seiner lustigen, flotten Art desto mehr Erfundenes von sich.

»Massi« vertraute ihm schließlich so sehr, daß er ihm schon nach zwei Wochen gestand, »wegen einer dummen Sache eingebuchtet gewesen« zu sein.

»Mein Gott, jedem kann mal was passieren«, antwortete Lorenz großzügig und zeigte sich nicht neugierig auf Einzelheiten.

Thomas Kanthaak tat murrend seine schwere, staubige Arbeit. Abends trank er, meist sogar zusammen mit seinem jungen Zimmergefährten, ein paar Glas Bier, spielte Skat, ging dann und wann ins Kino. Er erhielt weder Post, noch schrieb er.

Nach etwa drei Wochen traf er sich öfter mit einer jungen Witwe, die er beim Verlassen des Kinos angesprochen hatte. Seine Geldausgaben hielten sich weiter in mäßigen Grenzen, er lebte sogar sparsam.

»Ich glaube nicht«, sagte Lorenz, als er sich zur verabredeten Berichterstattung mit Brückner traf, »daß wir so weiterkommen.«

Während die beiden noch überlegten, ob es zweckmäßig sei, die zeit- und kraftraubende Beobachtung Kanthaaks fortzusetzen, kam Becker hinzu. Wortlos legte er Brückner einen Zeitungsausschnitt auf den Tisch. Zu Beckers Aufgaben gehörte es, jeden Tag eine Umlaufmappe mit Meldungen, Notizen, Kriminal- und Gerichtsberichten westdeutscher und Westberliner Blätter durchzusehen. Er tat das, wie alles, stets sehr gewissenhaft, obwohl dabei ganz selten etwas Nutzbares zu finden war.

Diesmal war es anders.

Der Ausschnitt stammte aus einer Essener Zeitung. Brückner las: »Der Polizei gelang es, zwei Einbrecher festzunehmen, als sie dem bekannten Juweliergeschäft Brack & Söhne in der Hansastraße einen nächtlichen Besuch abstatteten. Es handelt sich um den siebenunddreißigjährigen Max Sch., von Beruf angeblich Manager, und den angeblichen Industriekaufmann Joachim M. (56). Letzterer ist vor drei Jahren aus der Ostzone zugewandert; ein Eisenwarenladen, den er mit geringfügigem Anfangskapital eröffnet hatte, stürzte M. in Schulden, so daß er Konkurs anmelden mußte. So geriet er auf die schiefe Bahn und wurde, verleitet von Sch., zum Einbrecher. Max Sch. ist bereits mehrfach vorbestraft.«

»Da es sich um eine rein kriminelle Angelegenheit handelt«, berichtete Becker, »veranlaßte ich einen Fernspruch nach Essen. Die Antwort kam, was sonst selten geschieht, sehr schnell: Joachim M. ist identisch mit unserem Joachim Münther.«

»Er hat also die geraubten Lohngelder nicht mitnehmen können!« rief Lorenz aufgeregt. »Sonst hätte er nicht mit seinem Laden Pleite gemacht. Die geraubten vierhunderttausend Mark müssen immer noch irgendwo bei uns versteckt sein.«

»Richtig, aber wo?« brummte Brückner. »Und wer versteckte sie? Kanthaak und Böttcher wurden knapp eine Viertelstunde nach dem Einbruch verhaftet; sie hatten weder Zeit noch Gelegenheit, eine derart umfangreiche Beute sicherzustellen.«

»Es bleiben uns also«, folgerte Becker, »nur die damalige Geliebte des Kanthaak und der nicht ermittelte Fahrer des Wagens. Wenn Sie einverstanden sind, Genosse Hauptmann, werde ich mich noch einmal mit dieser Rosemarie Kitzbeck beschäftigen.«

Das geschah. Das Ehepaar Kitzbeck änderte auch weiterhin seine Lebenshaltung in keiner Weise; sie war anspruchslos, obwohl die Reparaturwerkstatt gut ging und Frau Rosemarie noch einiges dazuverdiente.

»Das kann eine verabredete Tarnung sein«, meinte Lorenz ärgerlich.

»Eine solche Selbstdisziplin – mit einigen hunderttausend Eiern im Kasten«, sagte Brückner sinnend, »kann ich mir nur schwer vorstellen ...«

Jedenfalls schien die Spur Kitzbeck tot, mausetot, und unsere Freunde waren nah daran, sie fallenzulassen. Da stieß Becker bei neuerlicher Aktendurchsicht und dem Stöbern in seinen Notizen auf etwas zunächst Belangloses; doch sein Computergehirn (wie Lorenz es oft im Scherz nannte) registrierte nahezu unbewußt, jedenfalls nur beiläufig, daß Rosemarie Kitzbeck und »Massis« neue Errungenschaft aus dem Kino, die unauffällig und bescheiden dahinlebende Witwe Lore Otterbach, gleichaltrig und beide in Berlin-Pankow geboren waren. Wohl kaum ein anderer als Becker hätte sich über einen solch belanglosen Zufall Gedanken gemacht. Er jedoch ließ nie auch nur die blasse Andeutung einer möglichen Spur außer acht. Es wäre also möglich, wenn auch kaum wahrscheinlich, folgerte er, daß die beiden Frauen einander kennen, womöglich von der Schule her, jedenfalls kann's nicht schaden und kostet wenig Aufwand, dies nachprüfen zu lassen. Beckers Vermutung traf zu: Die beiden Mädchen hatten zusammen die Schule besucht, sie waren sogar Klassenkameradinnen gewesen. Aber was besagte das schon? So gut wie nichts. Die unauffällige Befragung einiger ehemaliger Mitschülerinnen, Nachbarn und eines pensionierten Lehrers ergab jedoch mehr und vielleicht Bedeutungsvolleres: Rosemarie und Lore waren jahrelang, auch noch nach der Schulzeit, eng befreundet gewesen, bis Rosemarie Pauder als Siebzehnjährige die Geliebte Kanthaaks wurde. Da bekam die Freundschaft einen plötzlichen

Knacks. Lore, mit der Kanthaak zuvor ebenfalls anzubandeln versucht habe, so erzählten zwei ehemalige Mitschülerinnen, sei über »die Gemeinheit« ihrer bis dahin besten Freundin tief empört gewesen. Sie habe ihre zornige Eifersucht auch keineswegs für sich behalten. Die langjährigen Busenfreundinnen grüßten einander zuletzt nicht mehr.

Konnte das Theater gewesen sein?

Lorenz lag schon im Bett, als Kanthaak gegen dreiundzwanzig Uhr von einem Besuch seiner Geliebten heimkam. Seine Überwachung außerhalb des Betriebs hatte ein anderer Kriminalist übernommen, da dies unauffälliger geschehen konnte und Brückner den tagsüber körperlich schwer arbeitenden Lorenz nicht zusätzlich belasten wollte.

Lorenz tat, als schlafe er fest. Kanthaak kleidete sich, um ihn nicht zu wecken, ohne die Beleuchtung einzuschalten, aus, zumal von draußen ein Lichtschein durchs Fenster fiel.

Da hörte Lorenz ein leises Rascheln wie von fallendem Papier. Als Kanthaak zu schnarchen begann, sah er sich aufmerksam um. Auf dem Fußboden, dicht neben seinem Bett, schimmerte etwas Weißes. Er tastete behutsam mit den Zehen danach und zog es heran. Es war ein nachlässig zusammengefalteter Zettel. Vielleicht die Mitteilung eines Komplizen? Lorenz steckte das Papier eilig in die Tasche seines Pyjamas. Nachdem er sich überzeugt hatte, daß Kanthaak wirklich fest schlief, eilte er in die Toilette. Enttäuscht sah er dort, daß das Blatt nur ein gewöhnlicher Fahrplan der Weißen Flotte war. Die Abfahrtszeit eines der zahlreichen regelmäßig verkehrenden Motorschiffe – »17.30 Uhr« – hatte jemand flüchtig mit Kugelschreiber angehakt und davor ein »Do« gekritzelt. Also Donnerstag, sagte sich Lorenz, das wäre morgen. Wahrscheinlich wollte Kanthaak mit seiner lustigen Witwe eine kleine Spritztour unternehmen. Nein, da unten am Rand des Blattes stand etwas, das dem widersprach: »Restaurant 120 lks. Preisskat.« Jetzt allerdings war der Kriminalist Lorenz plötzlich hellwach. Das Blatt – es wirkte auf ihn wie ein Kassiber, den Frau Lore übermittelt hatte. Was konnte »120 lks« bedeuten? Vielleicht 120 Meter links vom Anlegeplatz der Weißen Flotte? Dort gab's vermutlich ein Restaurant. Na schön. Und Preisskat? Ach so, ja, Kanthaak war ein eifriger Spieler, er hatte die Notiz wohl selbst auf den Fahrplan gekritzelt. Ob Kanthaak auf einen Preis hoffte? Preis, Preis ... Preisverteilung ... »spann« Lorenz, und wie schon so manches Mal schlug bei ihm jäh der Blitz ein: Die Preise, die bei diesem »Skat« verteilt werden sollten – das waren die Anteile aus dem Lohnraub!

Ins Zimmer zurückgekehrt, steckte Lorenz den Zettel vorsichtig in Kanthaaks Rocktasche. Am Morgen meldete er sich krank und fuhr, kaum daß Kanthaak das Zimmer verlassen hatte, ins Polizeipräsidium.

Es war noch nicht ganz achtzehn Uhr, als sich Brückner die Verhafteten nacheinander zur Vernehmung vorführen lassen konnte.

Eberhard Böttcher war nicht dabei, er hatte mit der Sache tatsächlich nicht mehr zu tun, als bereits gerichtsnotorisch war. »Massis« Freundin Lore, die sich nach wohlüberlegtem Plan vor drei

Jahren demonstrativ von Rosemarie Pauder getrennt und sich weiterhin konsequent von ihr ferngehalten hatte, war die unverdächtige Botin zwischen »Massi« und Rosemarie Kitzbeck geworden. Brückner ließ beide in Untersuchungshaft abführen.

Die Hausdurchsuchung bei Kitzbecks zeitigte ein erfreuliches Ergebnis: Rund 400 000 Mark, im Lauf der Jahre geschickt und unauffällig gegen solche Banknoten umgetauscht, die mit ziemlicher Gewißheit nicht so bald aus dem Verkehr gezogen werden würden, fanden sich, flach gebündelt, hinter einer eingeschweißten Zwischenwand in Siegfried Kitzbecks EMW-Kombi.

Derart überführt, versuchte er gar nicht erst zu leugnen, daß er der Fahrer beim Raub der Lohngelder gewesen war. Er gab auch ohne viel Ausreden zu, daß sich die ganze Bande verabredungsgemäß diszipliniert unauffällig verhalten habe, um sich erst nach der Haftentlassung »Massis« die Beute zu teilen. Mit Münther bestand keine Verbindung.

Auf Brückners Frage, ob Kanthaak den Betriebsschutzmann erschlagen habe, zuckte Kitzbeck die Achseln und fragte: »Wer soll's denn sonst gewesen sein?«

Thomas Kanthaak wurde blaß, als er, zur Vernehmung vorgeführt, das Tatwerkzeug auf Brückners Schreibtisch liegen sah. »Na, Massi«, fragte Brückner, »wollen Sie noch länger Theater spielen?«

Thomas Kanthaak senkte den Kopf: »Ich will gestehen.«

Eine heikle Angelegenheit

Als die zweiundzwanzigjährige Jutta Frisch am frühen Morgen immer noch nicht heimgekommen war, suchte ihr Vater, der Dachdeckermeister Jens Willbrod, die örtliche Polizeidienststelle auf. Er war sehr erregt. Was er erzählte, war ziemlich verworren; mehrmals rief er ohne rechten Zusammenhang: »Sie hat sich das Leben genommen!«

Die beiden Volkspolizisten hatten wenig Erfahrung, denn Lunzau war ein stilles Dorf, noch nicht als Kurort erschlossen, obwohl es in waldiger Umgebung an einem klaren, von Felsen umsäumten Bergsee lag. Bemerkenswerte Kriminalfälle waren hier seit über zwanzig Jahren nicht vorgekommen.

Jens Willbrod, Witwer, achtundvierzig Jahre alt, war als Handwerker in der neun Kilometer entfernten Kleinstadt und in zwei näher gelegenen Landwirtschaftlichen Produktionsgenossenschaften sehr geschätzt. Man vermutete also, daß er, der sehr fleißig war und sparsam lebte, über ein ansehnliches Konto in der Bank oder Sparkasse verfügte. Auf seine Tochter Jutta, die ihn alljährlich für einige Wochen zu besuchen pflegte, meist ohne ihren vielbeschäftigten Mann, war Jens Willbrod ungewöhnlich stolz. Nicht nur, weil sie, die er seit dem Tod seiner Frau vor zehn Jahren allein erzogen hatte, auffallend schön und klug war, sondern auch – wodurch er sich, ohne daß er's zugegeben hätte, besonders geschmeichelt fühlte –, weil eine weithin bekannte Persönlichkeit sie geheiratet hatte: Jürgen Frisch, dessen außenpolitische Aufsätze im Zentralorgan der Partei und dessen lebhafte Fernseh- und Rundfunkansprachen auch im Westen stark beachtet und häufig polemisch kommentiert wurden. Der gewöhnlich wortkarge Dachdeckermeister wurde beredt, wenn er von seiner Tochter Jutta und deren Mann sprach.

Man verstand deshalb seine Aufregung, als er die Vermißtenanzeige erstattete. Seinen Ausruf, die Tochter habe Selbstmord begangen, nahm man hin als verständliche Befürchtung eines allzu besorgten Vaters. Verdacht schöpfte man noch nicht. Das geschah erst drei Tage später.

Da wurde die Leiche Juttas im See zwischen einigen herausragenden Felszacken gefunden. Die junge Frau mußte sich, wenn überhaupt Selbstmord vorlag, von einem drahtumzäunten, mit allerlei Buschwerk bestandenen Plateau aus etwa achtzehn Meter Höhe hinabgestürzt haben.

Doch schon der Arzt, der aus dem nahen Städtchen zum Ausstellen des Totenscheins herbeigerufen worden war, fand auf dem Hinterkopf unter dem dichten schwarzen Haar eine Fraktur der

Schädeldecke, die allerdings auch während des Sturzes durch Aufschlagen gegen einen vorstehenden Felszacken entstanden sein konnte. Ihm jedoch erschien das verdächtig, und der Leichnam wurde deshalb in das Kriminalmedizinische Institut nach Berlin übergeführt.

Meister Willbrod war nicht mehr wiederzuerkennen. Er hockte tatenlos in seinem Häuschen und starrte stundenlang mit blassem, verzerrtem Gesicht ins Leere, man hätte ihn, der schon von Berufs wegen den Alkohol mied, für schwer berauscht halten können.

So war der Stand der Dinge, als Brückner und seine beiden Mitarbeiter mit der Klärung des Falls beauftragt wurden.

Das kriminalmedizinische Gutachten deckte sich mit dem Befund des Arztes, nur war hinzugefügt, daß die schwere Kopfverletzung auch von einem Schlag mit einem kantigen Stein herrühren könne; die dichte Haardecke lasse jedoch keine präzisere Feststellung zu. In der Lunge waren Kieselalgen gefunden worden, was beweise, daß der Tod erst unter Wasser eingetreten war, obwohl die Kopfverletzung allein genügt hätte, ihn herbeizuführen.

Noch vor der Abreise von Berlin hatte Brückner den Ehemann befragt, während Becker und Lorenz sehr diskret private Lebensumstände erkundeten.

Jürgen Frisch, für seine verantwortungsvolle Position noch verhältnismäßig jung (eben dreißig Jahre alt), ging in seiner Arbeit auf und war vor kurzem mit einem Orden ausgezeichnet worden. Seine Frau Jutta, ehrenamtlich in einer Massenorganisation arbeitend, sollte demnächst ihr Fernstudium in Politökonomie abschließen. Alle, die sie kannten, sprachen mit Hochachtung von ihr.

Jürgen Frisch hatte sie drei Jahre zuvor während eines Urlaubs in dem abgelegenen Dorf am See kennengelernt, sich in sie verliebt und sie kurz danach geheiratet. Übereinstimmend sagten alle Befragten, die Ehe sei sehr gut, geradezu vorbildlich gewesen.

Auch Brückner hatte, als er mit Jürgen Frisch sprach, den gleichen Eindruck gewonnen. Obwohl sich der Mann mit großer Selbstdisziplin beherrschte, sich beinahe zu sachlich gab, erkannte der erfahrene Kriminalist, welch tiefer Schmerz sich hinter der scheinbaren Sachlichkeit verbarg.

»Ein Selbstmord ist undenkbar«, erklärte Frisch bestimmt. »Es gibt kein Motiv. Jutta muß ermordet worden sein. Doch auch dafür sehe ich, trotz allen Grübelns, erst recht keins. Es sei denn, ein Sittlichkeitsverbrecher ...«

»Nein«, unterbrach ihn Brückner. »Dafür gibt es nicht das geringste Anzeichen. Darf ich fragen, wie die Stimmung Ihrer Frau in letzter Zeit war?«

»Sehr gut. Sie freute sich auf den Urlaub in Lunzau. Jutta war, als wir uns verabschiedeten, fröhlich. Sie bedauerte nur, daß wir nicht zusammen fahren konnten, weil ich wieder einmal dienstlich unabkömmlich war.«

»Noch eine Frage: Wie verstehen Sie sich mit Ihrem Schwiegervater?«

»Ausgezeichnet. Er ist ein einfacher Mann.« Jürgen Frisch lächelte müde. »Er sieht in mir ein hohes Tier, und Sie wissen ja, wie das in so einem Dorf ist: Man lebt dort noch zum Teil in veralteten Begriffen von guter Partie und so weiter.«

Becker und Lorenz untersuchten den Tatort, während Brückner den Vater Juttas befragte.

Jens Willbrod war immer noch stark deprimiert, nahezu lethargisch. Nur zwischendurch antwortete er unbestimmt, wenn nicht wirr.

Eine dieser spontanen Äußerungen war sonderbar: »Es durfte keinen Skandal geben, ich mußte unbedingt den Skandal verhindern.«

»Was für einen Skandal?« fragte Brückner aufhorchend.

»In Berlin«, antwortete Willbrod. »Jürgen ...« Er brach ab und machte eine Geste, als müsse er etwas Unbedachtes, über das er nachträglich erschrak, fortwischen. Er versank wieder in seine depressive Teilnahmslosigkeit.

Becker, der mit Lorenz das Felsplateau zentimeterweise abgesucht hatte, brachte mittags einen schweren Steinbrocken mit. »Die erste Untersuchung ist leider von unseren hiesigen Mitarbeitern unsachgemäß vorgenommen worden«, sagte er. Zweifellos sind dort auch später noch Neugierige herumgelaufen, Fußspuren waren auf dem harten Boden ohnehin nicht zu erwarten. Einige abgeknickte dünne Zweige an einem Wacholderbusch und zertretene Büschel von abgeblühter Erika lassen keine verwertbaren Schlüsse zu. Dieser Steinbrocken könnte der Form und dem Gewicht nach als Schlagwerkzeug benutzt worden sein. Wir haben die Fundstelle für alle Fälle gekennzeichnet.«

»Gut«, sagte Brückner. »Schicken Sie das Fundstück sofort nach Berlin, und lassen Sie es im Institut untersuchen. Blutspuren werden darauf zwar kaum zu finden sein, aber vielleicht ein Haar oder dergleichen, falls nicht ein ähnlicher Steinbrocken als Tatwerkzeug in den See geworfen wurde.«

Lorenz legte ein anderes Fundstock auf den Tisch: ein Taschenfeuerzeug mit Gasfüllung. Allerdings hatte es etwa sechzig Meter vom Tatort entfernt (wenn das Plateau überhaupt der Tatort war) am Rand des Pfads gelegen, der zu dem Plateau hinaufführte.

Brückner nahm sogleich Fingerabdrücke von dem spiegelglatten Metall. »Damit wir nichts versäumen«, ordnete er an, »schicken Sie auch diese Abdrücke nach Berlin, obwohl kaum zu erwarten ist, daß sie registriert sind. Aber man kann nie wissen.«

Becker nickte.

»Und Sie, Genosse Leutnant«, wandte er sich wieder an Lorenz, »hören mal im Dorf herum, ob jemand den Besitzer des Feuerzeugs kennt. Das Ding müßte eigentlich aufgefallen sein, denn Gasfeuerzeuge dieser Art werden bei uns erst in letzter Zeit und noch in relativ geringer Anzahl in den Großstädten angeboten.«

Schon am nächsten Morgen konnte Lorenz melden: »Herr Willbrod ist der einzige im Dorf, der ein solches Feuerzeug besaß; er hat es dort herumgezeigt. Ein Geschenk seines Schwiegersohns.«

Becker meldete: »An dem Fundstück keine Blut- oder Haarspuren. Fingerabdrücke vom Feuerzeug nicht in der Kartothek der Vorbestraften.«

»Was zu erwarten war«, antwortete Brückner.

Nun hatte aber trotzdem der Fund des Feuerzeugs keinerlei Beweiskraft. Es konnte von Willbrod an jedem beliebigen Tag, zu jeder Tages-

und Nachtzeit verloren, etwa mit einem Taschentuch herausgerissen worden sein.

Becker und Lorenz forschten im Dorf intensiv nach anderen Verdächtigen. Sie entdeckten keinen.

Die meisten Einwohner kannten natürlich Jens Willbrod und Jutta Frisch. Sie nannten Jutta freundlich und fröhlich, ihren Vater schweigsam, fleißig und tüchtig. Befreundet war niemand mit ihnen. Ein Bäckermeister und der Förster besuchten Willbrod gelegentlich in seinem Häuschen, um mit ihm Schach oder, wenn sie zu dritt waren, Skat zu spielen. Ihre Aussagen waren sehr positiv, nur der Förster schränkte die seine ein wenig ein: »Willbrod kann manchmal sehr jähzornig sein«, und der Bäckermeister fügte hinzu: »Eine Schwäche hat der arme Jens, er renommiert gern ein bißchen mit der hohen Stellung seines Schwiegersohns.«

Ein Maurer, mit dem Willbrod beruflich viel zu tun hatte, wollte bemerkt haben, daß der ohnehin wortkarge Dachdeckermeister seit etwa einem halben Jahr noch schweigsamer geworden sei. »Mir schien, ihn bedrückte etwas.« Damit war natürlich, selbst wenn es stimmte, kaum etwas anzufangen.

»Ich mußte also«, erzählte mir Peter Brückner später, »trotz allen menschlichen Verständnisses Jens Willbrod noch einmal gründlich vernehmen.«

»Und?« fragte ich gespannt.

»Er wurde, als ich nach seinem Feuerzeug fragte, auffallend erregt. ›Ich habe es verloren‹, stammelte er. Ich legte es auf den Tisch. ›Wissen Sie, wo wir es gefunden haben?‹ Tonlos antwortete er:

›Ich kann es mir denken.‹ Unbarmherzig fuhr ich fort: ›Sie haben es in der Nacht verloren, als Ihre Tochter ... verunglückte.‹ Er nickte wortlos; sein Gesicht war erschreckend bleich geworden. ›Wollen Sie sich nicht offen mit mir aussprechen?‹ fragte ich behutsam. ›Ich verstehe‹, erklärte ich, ›daß Sie sich vor einem ... nun, sagen wir, Skandal fürchten. Aber der wird nur größer und verhängnisvoller, wenn Sie weiter schweigen.‹ Der Mann, wie er so dasaß und offensichtlich mit sich kämpfte, war mitleiderregend. ›Erleichtern Sie Ihr Gewissen‹, riet ich ihm.

Da stand er schwerfällig auf, stapfte zu seinem Schreibtisch, öffnete eine Lade und brachte mir eine Fotografie. ›Ich wurde seit sieben Monaten erpreßt‹, sagte er heiser. ›Jedesmal um vierhundert Mark, und das letzte Mal waren es sechshundert.‹

Das Bild zeigte eine nackte Frau, die lachend einen Blütenzweig emporhob. Die Stellung des Körpers war betont sexuell aufreizend. ›Ihre Tochter?‹ fragte ich. Willbrod senkte den Kopf. ›Ja, meine Jutta.‹ Aber auf dem Foto war noch etwas zu sehen: links unten im Vordergrund die angeschnittene Silhouette eines männlichen Oberkörpers, ebenfalls nackt. Ein wilder Vollbart und lange Haare. Nun, Sie kennen ja solche Typen.«

Brückner hat mir nach Abschluß des Falls gestattet, seinen Notizen über die weiteren Aussagen Willbrods das Wesentlichste zu entnehmen.

Als der in seine Tochter vernarrte Vater das Foto mit dem ersten erpresserischen Begleitbrief erhielt, war er entsetzt. Er schämte sich seiner Tochter so sehr, daß er es nicht über sich brachte, mit ihr, deren moralische Sauberkeit er bis dahin für unantastbar gehalten hatte, über das obszöne Foto (das mit einer harmlosen Aktaufnahme nichts zu tun hatte) auch nur andeutungsweise zu sprechen. Wie viele andere, die erpreßt werden, scheute er sich leider, das einzig Vernünftige zu tun: sich sofort einer geeigneten Stelle unserer Volkspolizei anzuvertrauen. Er wußte nicht, mit welcher Diskretion solche Fälle behandelt, Erpresser meist schnell entdeckt und unschädlich gemacht werden. Wie ein Alpdruck lastete auf ihm die fortwährende Furcht, der Erpresser könne seine Drohung wahrmachen und die Aufnahme an ein westliches Skandalblatt schicken. Er sah die Unterschrift so oder ähnlich vor sich: »Jutta, die Ehefrau des bekannten Spitzenfunktionärs der ostzonalen SED Jürgen Frisch!«

Willbrod zahlte und zahlte, sein Konto schmolz zusammen, und zuletzt forderte der Erpresser monatlich zweihundert Mark mehr; demnächst würde er (wie es erfahrungsgemäß fast immer geschieht) seine Forderung noch mehr steigern und, wenn Willbrod ausgeplündert war, dennoch mitleidlos zuschlagen. Jens Willbrod sah keinen Ausweg mehr.

Endlich entschloß er sich, seiner Tochter das Foto zu zeigen und von ihr Rechenschaft zu verlangen

Jutta begriff nichts. Empört stritt sie alles ab. Ob sich ihr Vater derart Schmutziges von ihr überhaupt vorstellen könne? Willbrod, zutiefst enttäuscht und verletzt, hätte Jutta beinahe geschlagen, als sie nun auch noch behauptete, das Foto müsse eine Fälschung sein.

Der Erpresser hatte eine bestimmte Stelle auf dem Plateau angegeben, wo das Geld in einem Briefumschlag unter einen Stein deponiert werden sollte. Jutta erklärte impulsiv, sie werde statt ihres Vaters hinaufgehen, um den Verbrecher zu stellen, und wenn sie die ganze Nacht auf ihn lauern müsse.

»Du kennst ihn doch!« schrie Willbrod mit bitterer Ironie. »Oder hast du dich von verschiedenen Fotografen so schweinisch aufnehmen lassen?« Zornig schlug er die Tür zu und machte sich mit dem Geld auf den Weg.

Ohne daß er es bemerkte, folgte ihm seine Tochter.

Willbrod stopfte den Briefumschlag unter den größten Stein und kehrte um. Nach etwa sechzig Metern – an der Stelle, wo Lorenz das Feuerzeug gefunden hatte – hörte er plötzlich jemand den Pfad heraufkommen. Er warf sich seitab hin und kroch unter einen Busch. Aber es war nicht der Erpresser, sondern Jutta, die an ihm vorbei nach oben lief. Willbrod blieb liegen und wartete. Nach seiner Schilderung muß dieses Warten furchtbar gewesen sein. Was würde er an tief Beschämendem erleben müssen?

Nach etwa einer Viertelstunde hörte er auf dem Plateau seine Tochter schreien, es war unverständlich, die Stimme überschlug sich. Von der Antwort verstand Willbrod nur: »Miststück verdammtes!« Dann ein kurzer Aufschrei Juttas und plötzliche Stille.

Willbrod hastete den Pfad hinauf, doch als er atemlos oben ankam, war niemand dort. Seine Tochter kam nicht mehr heim. »Es war kein Selbstmord«, schloß Willbrod. »Er hat Jutta in den

See gestoßen und ist geflohen.« Brückner mußte Willbrod erst drohen, ihn wegen Mordverdachts festnehmen zu lassen, bevor er ihm das Foto aushändigte; er mußte ihm klarmachen, daß andernfalls der von ihm gefürchtete Skandal unausbleiblich sei.

Das Pornofoto wurde im Kriminalistischen Institut von Sachverständigen untersucht. Sie konnten jedoch nicht zuverlässig feststellen, ob es sich um eine sehr geschickt ausgeführte und meisterhaft retuschierte Montage handelte, da der Blütenzweig die sonst wahrscheinlich einzig erkennbare Klebestelle in der Halsgegend verdeckte. Aber der Erpresser hatte, wie die meisten Verbrecher, die technischen Möglichkeiten der modernen Kriminalistik unterschätzt. Allerdings mußte der Körper Juttas exhumiert und eine Röntgenaufnahme des Knochengerüsts in dergleichen Stellung wie auf dem Foto gemacht werden. Der Röntgenfilm wurde über das Foto gelegt. Die Beine der nackten Frau waren länger, Becken und Rippenpartie breiter als bei Jutta. Der Tatbestand einer Fotomontage war erwiesen.

Willbrod weinte hemmungslos, als man es ihm mitteilte. »Der Nachweis wäre viel leichter und vor allem rechtzeitig zu führen gewesen«, sagte Brückner, »wenn Sie sofort, als die Erpressung begann, Vertrauen zu uns gehabt hätten. Sie werden sehen, wie schnell wir jetzt den Schuldigen ermitteln.«

Brückner hatte recht. Der Erpresser mußte die personellen Verhältnisse in Lunzau gut kennen, konnte also nicht weit entfernt zu suchen sein. In dem nahen Städtchen gab es nur einen Berufsfotografen, und die Montage war zweifellos die Arbeit eines versierten Fachmanns.

Herr Otto Fuhrmann hatte wenig zu tun: Paßbilder, Aufnahmen von Hochzeiten und Jugendweihen, meist aber nur Entwickeln und Kopieren von Amateuraufnahmen. (Auch Jürgen Frisch hatte ihn einmal einige Schnappschüsse von Jutta vergrößern lassen.) Kurz, Herr Fuhrmann verdiente schlecht. Vor zehn Jahren war er, ziemlich undurchsichtig begründet, aus Wuppertal zugewandert; dort hatte er in der Industrie als Werbefachmann gearbeitet.

Die Ermittlungen der Volkspolizei ergaben, daß Fuhrmann oft nach Berlin fuhr, dort eine kostspielige Freundin aushielt und auch sonst weit über seine Verhältnisse lebte. Eine Hausdurchsuchung förderte, neben mehreren Filmen mit pornographischen Aufnahmen und anderem Belastungsmaterial, noch Beweise für vier weitere Fälle von Erpressung zutage. Wahrscheinlich gab es aber noch weitere.

Angeschwemmt

Da hatte ich nun endlich meinen Erholungsurlaub«, erzählte mir Peter Brückner, »und ich war froh, in der Sonne am Schwarzen Meer zu liegen, eine Zeitlang nichts zu hören und zu sehen von den Schattenseiten des Lebens. Warna ist herrlich ...!«

»Aber?« fragte ich, denn ich hörte in seinem letzten Ausruf deutlich einen Seufzer mitklingen.

»Aber – da bemerkte ich, wie in der Nähe des Landestegs viele Badegäste zusammenliefen und in die Brandung starrten. Es war gegen vier Uhr nachmittags. Etwas trieb heran. War jemand ertrunken? Vielleicht war noch Hilfe möglich. Ich lief hinzu. Aber da gab es leider nichts mehr zu retten. Der Frauenkörper, der angeschwemmt wurde, war bekleidet, und man brauchte nicht Mediziner zu sein, um zu erkennen, daß der Tod schon vor Tagen eingetreten sein mußte.

Zwei Bademeister zogen den Körper vollends auf den Strand.

›Halt‹, sagte ich und hielt sie davon ab, eine laienhafte Untersuchung nach Papieren oder dergleichen zu beginnen. Ich wandte mich an die Badegäste: ›Bitte, treten Sie zurück, und lassen Sie alles so, wie es ist.‹ Und zu einem der beiden Bademeister, der Deutsch verstand: ›Rufen Sie die Miliz an.‹ Man folgte bereitwillig meinen Anweisungen, obwohl ich – in Badehose wie alle anderen – nicht daran dachte, mich zu legitimieren.

Erstaunlich schnell waren zwei Milizionäre zur Stelle und übernahmen die Sicherung des Fundorts; ebenso erstaunlich schnell trafen die Kollegen der bulgarischen Kriminalpolizei und der Sanitätswagen ein. Es waren noch keine dreißig Minuten vergangen, als am Goldstrand schon wieder das übliche Treiben herrschte. Nur die Stelle, wo die Tote angeschwemmt worden war, wurde sichtlich gemieden.

Als ich abends beim Essen im Restaurant Kaliakra saß, kam ein wohlbeleibter, freundlicher Mann an meinen Tisch und stellte sich vor: ›Major Polaroff‹. Ein bulgarischer Kollege. Er habe in meinem Hotel erfahren, wer ich sei; man habe ihn beauftragt, mich zu fragen, ob ich trotz meines Urlaubs bereit sei, an der Aufklärung des Falls teilzunehmen. Die Tote sei nämlich als Bürgerin der DDR identifiziert worden, und wahrscheinlich würde ich gewisse Zusammenhänge schneller und zuverlässiger erkennen und aufdecken können.

›Zusammenhänge?‹ fragte ich erstaunt. ›Ist denn die Frau nicht einfach ertrunken? Kein Unglücksfall?‹

›Nein. Der ärztliche Befund – Zustand der Lunge und einige Anzeichen am Körper – hat ergeben, daß die Frau gewaltsam unter Wasser gedrückt, also ermordet wurde.‹

Urlaub hin, Urlaub her, natürlich sagte ich meine Unterstützung zu.

Polaroff zog sein Notizbuch. ›Bisher haben wir folgendes festgestellt‹, sagte er. ›Es handelt sich um die siebenundzwanzigjährige Rita Böhme aus Plauen, Chefsekretärin in einer volkseigenen Textilfabrik, vor acht Tagen als sogenannte Einzelreisende, also nicht mit einer Gruppe, eingetroffen. Ihr Hotelzimmer, Nummer dreihundertfünfundzwanzig, teilte sie mit der ihr bis dahin unbekannten DDR-Bürgerin Rita Buhl, zweiunddreißig Jahre alt, Ehefrau eines Gaststätteninhabers in Berlin-Pankow. Die beiden Frauen haben nur wenig miteinander gesprochen. Nun ja, Sie wissen doch, wie das so ist in einem Badeort: Man kommt eigentlich nur nachts zum Schlafen ins Zimmer, tagsüber geht jeder seinen Neigungen nach.‹

Ich nickte. Dann fragte ich: ›Die beiden hatten sich also nicht, wie das doch gewöhnlich geschieht, gemeinsam einen Sonnenschirm am Strand gemietet?‹

›Nein. Fräulein Böhme hatte sich schon während der Herfahrt einem Ehepaar angeschlossen, einem Dresdner Chemiker und seiner Frau; Böttcher heißen die Leute. Frau Buhl aber blieb für sich, fuhr zweimal nach Warna, dann nach Nessebar und einmal per Flugzeug nach Sofia, wo sie einen Tag lang blieb. Sie hatte sich nämlich gleich am ersten Tag einen Sonnenbrand geholt und mied deshalb den Strand.‹

Ich dachte kurz nach. ›Trotzdem ist es auffallend‹, sagte ich, ›daß Frau Buhl niemand benachrichtigte, als ihre Zimmergefährtin zwei Nächte lang nicht erschien. Ebenso wundert mich, daß dem Ehepaar Böttcher nichts auffiel.‹

›Doch, den Böttchers ist es schon aufgefallen, daß ihre junge Bekannte nicht mehr zu dem gemeinsamen Liegeplatz kam; aber schließlich, so sagen die beiden aus, hätten sie angenommen, Fräulein Böhme habe gute Bekannte oder Freunde gefunden und sich denen angeschlossen, vielleicht wolle sie auch aus einem hygienischen Grund oder wegen der starken Brandung nicht baden. Die Ermordete war nämlich Nichtschwimmerin. – Frau Buhl, ihre Gefährtin von Nummer dreihundertfünfundzwanzig, die ich ebenfalls ausführlich vernahm, war ärgerlich. Sie kümmere sich grundsätzlich nicht um das Privatleben anderer Leute, sagte sie, und schon gar nicht um das völlig fremder. Sie habe angenommen, Fräulein Böhme sei mit irgendwelchen Einheimischen bekannt oder befreundet und habe außerhalb geschlafen.‹

Ich schüttelte den Kopf. ›Sagte Frau Buhl, wie sie zu dieser immerhin etwas sonderbaren Annahme komme?‹

›Ja, sie habe Fräulein Böhme gleich am ersten Abend in der kleinen Hotelbar zusammen mit zwei jungen Bulgaren gesehen. Auf meine Frage, in welcher Sprache sie sich mit ihnen unterhalten habe, antwortete sie, das habe sie wegen der lärmenden Musik nicht hören können, aber sie habe den Eindruck gehabt, daß Fräulein Böhme mit den beiden Männern sehr befreundet gewesen sei und sie einander mühelos verstanden hätten. Die Personenbeschreibung, die sie von den jungen Bulgaren gab – wenn es überhaupt welche waren –, war sehr allgemein, durchaus nichtssagend.‹

Ich schlug dem Kollegen Polaroff folgende Arbeitsteilung vor: Ich würde unter den deutschen Badegästen nach Anhaltspunkten und Verdachtsmomenten forschen; er und seine Mitarbeiter sollten sich nicht zuletzt unter dem bulgarischen Hotelpersonal, den Kellnern, Bademeistern und den Strandarbeitern, um Aufklärung des Falls bemühen.«

Zur Ausführung der Tat mußte ein Boot benutzt worden sein, denn Fräulein Böhme, Nichtschwimmerin, war bekleidet angeschwemmt worden. Wer hatte etwas beobachtet, wer etwas gehört? Nachts waren alle Rettungsboote wie immer ziemlich hoch an Land gezogen, die Riemen entfernt, Hilfsmotoren, mit denen einige Boote ausgestattet waren, demontiert worden. Gab es Fischerboote in der Nähe? Wem gehörten sie, konnten sie unbemerkt von Fremden benutzt werden?

»Es ist doch kaum anzunehmen, daß die Tat tagsüber begangen wurde«, schloß ich.

»Kaum«, bestätigte Major Polaroff. »Dazu sind Strand und Meer bis spätabends viel zu belebt.«

Es wäre sinnlos gewesen, über ein mögliches Tatmotiv zu grübeln. Wir trennten uns. Jeder würde, so machten wir aus, den anderen auf dem laufenden halten.

Während nun die Badegäste eifrig ihren Urlaubsfreuden nachgingen, sich in der Sonne bräunten, im Meer tummelten, abends tanzten, gelegentlich Ausflüge machten, arbeitete ich nicht weniger eifrig, als sei ich in Berlin im Dienst.

Ich glaube, es waren fünfzig oder mehr Gespräche, die ich anknüpfte und – meist gar nicht zum Vergnügen der Belästigten – zäh und unbeirrbar durchführte. Leider fast durchweg ergebnislos.

Frau Buhl wußte nicht mehr oder wollte nicht mehr wissen, als sie bereits meinem Kollegen Polaroff erzählt hatte. Sie tat, als sei es eine persönliche Beleidigung, daß sie durch eine zufällige Zimmergefährtin in einen Kriminalfall verwickelt worden war. Sie war eine hübsche, aber kratzbürstige Kleinbürgerin ohne irgendwelche erkennbaren geistigen Interessen. Nein, Bekannte oder gar Freunde habe sie hier keine. Ob sie, fragte ich, Fräulein Böhme für einen besonders unternehmungslustigen Menschen gehalten habe. »Ja«, meinte sie gedankenlos, »denn ein anständiges junges Mädchen bleibt doch nicht nächtelang außer Haus.«

Das Ehepaar Böttcher schilderte Rita Böhme als einen ruhigen, intelligenten Menschen. Sie habe aufmerksam die in der Hotelhalle ausgelegten Zeitungen gelesen und sich über vieles mit ihnen unterhalten. »Auf uns machte Fräulein Böhme den Eindruck eines wohlunterrichteten Menschen; nicht wahr, Helga?«

Seine Frau bestätigte es lebhaft. »Sie war überhaupt sehr sympathisch. Ich kann mir gar nicht denken, daß da, wie man munkelt, irgendwelche Männergeschichten mit im Spiel gewesen sein könnten. Fräulein Böhme wirkte, alles in allem, sehr solide.«

Ganz ähnlich sagten auch mehrere andere Badegäste aus; allerdings hatte niemand die Ermordete näher gekannt.

Endlich stieß ich auf eine Spur. Hinter der Schranke des Empfangsraums im Hotel saß eine ältere Frau, die recht gut Deutsch konnte. Sie erzählte mir: Vor vier Tagen, also kurz bevor Fräulein Böhme verschwunden sei, habe ein Mann nach ihr gefragt und einen Brief – eigentlich sei es nur ein zusammengefalteter Zettel mit der Zimmernummer gewesen – für sie abgegeben. Den habe sie Fräulein Böhme ausgehändigt, abends, vor dem Abendessen. Fräulein Böhme habe das Blatt gelesen, dann aber erstaunt den Kopf geschüttelt und sei gegangen.

»Schien Fräulein Böhme belustigt, betroffen oder aufgeregt?« fragte ich.

»Nein, nur erstaunt.«

»Und was geschah mit dem Zettel?«

»Den stopfte Fräulein Böhme nachlässig in ihre Hosentasche.«

Ich fragte die Frau, warum sie diese Beobachtung nicht längst der Polizei mitgeteilt habe.

Sie zuckte lediglich die Achseln. »Am nächsten Tag war ich dienstfrei, und dann habe ich es vergessen.«

Was das für ein Mann gewesen sei?

»Ein grauhaariger mit kurzgeschnittenem Bürstenbart, nicht groß, nicht klein, nicht dick, nicht dünn.«

»Gut angezogen?«

Daran erinnerte sie sich nicht mehr. Wie er denn gesprochen habe?

»Deutsch, aber nicht richtig.«

»Wieso nicht richtig?«

»Wie wenn er ein Ausländer wäre.«

»Ein Bulgare?«

»Nein, das auf keinen Fall.«

Mehr war aus der recht phlegmatischen Frau nicht herauszuholen.

Ich traf mich mit Polaroff, berichtete ihm und machte, da mittags eine IL 18 nach Berlin flog, den Vorschlag, dort Ermittlungen anzustellen und gegebenenfalls auch Auskünfte von den Plauener Kollegen einzuholen. Natürlich war er damit sehr einverstanden und führte sogleich die erforderlichen Telefongespräche.

Übrigens konnte auch er mir einiges Neue mitteilen. Es war inzwischen ermittelt worden, daß Frau Buhl noch nie in der Bar des Hotels gewesen war. Man legte dem Mixer und seiner mitarbeitenden Frau – beide sehr aufgeweckte junge Menschen – Fotos von Fräulein Böhme vor. »Auch diese Dame war nie hier«, erklärten beide sehr bestimmt.

Noch durchdenkenswerter war für mich etwas anderes. Fischerboote gab es weit und breit keine, wohl aber lag alle paar hundert Meter ein Rettungsboot. Von diesen Booten war, nach einhelliger Aussage des zuständigen Personals, bestimmt keines in der Nacht benutzt worden.

»Bei unseren Nachforschungen«, berichtete mir Major Polaroff, »fanden meine Mitarbeiter einen Bademeister, der aussagte, er habe in der Mordnacht von weit draußen Motorengeräusch gehört, als er schätzungsweise gegen ein oder zwei Uhr austreten ging. Er habe aufs Meer hinausgespäht, aber nichts erkennen können. Er habe sich auch weiter keine Gedanken darüber gemacht, warum auch? Eines aber könnte er mit Bestimmtheit sagen, denn er sei von Beruf Motorschlosser: Das Geräusch stammte keinesfalls von einem Buday-Motor, mit dem viele der Rettungsboote ausgestattet sind, noch von einem der größeren Motorboote des Küstendienstes. Er meinte, es handelte sich um ein schnelles Sportfahrzeug. Ich habe da eine vage Vermutung«, schloß Major Polaroff nachdenklich, »aber Sie werden verstehen, daß ich sie zunächst noch nicht ausspreche ...«

Das verstand ich nur zu gut, denn bloße Vermutungen sind in der Kriminalistik eine sehr zweischneidige Sache.

Polaroff fuhr mich zum Flugplatz, und ich flog nach Berlin. Nicht einmal drei Stunden brauchte die IL 18 für die fast 2000 Kilometer, und schon am übernächsten Abend konnte ich zurückkehren. Ich hatte einiges erreicht.

Über Fräulein Böhme gab es – mittels Fernschreiber eingeholt – nur gute Leumundszeugnisse. Ich fand keinerlei Anhaltspunkte. Anders sah es mit der Familie Buhl aus. In deren Kneipe verkehrten allerlei zweifelhafte Elemente, für die sich unsere Dienststellen schon seit längerem interessierten. Bei irgendwelchen kriminellen Handlungen war Herr Buhl, Biedermann vom Scheitel bis zur Sohle – richtiger von der Glatze bis zu den Filzlatschen –, noch nie erwischt worden. Seine viel jüngere Frau Rita fuhr einen Wartburg de luxe. Woher das Geld kam, war dunkel. Sie hatte, wie ich vorliegenden Berichten unserer Mitarbeiter entnehmen konnte, mancherlei Männerbekanntschaften, von denen ihr Mann zweifellos wußte, die er sogar wohlwollend duldete. Ahnungslos erzählte mir dann Frau Koffke, eine mundfertige Reinemachefrau, an die mich ein Mitarbeiter verwiesen hatte, daß die unternehmungslustige Rita zur Zeit mit einem Kavalier, einem älteren Herrn mit Bürstenbart, vermutlich einem Österreicher, ans Schwarze Meer gefahren sei. »Und da ist noch einer in ihrem Wagen mitgefahren, so ein jüngerer mit viel Geld, ein ganz mieser, frecher Kerl, mit dem die Buhls immer heimlich getuschelt haben, und wenn man in die Nähe kam, dann schwiegen sie plötzlich.« Ich konnte, da mir Frau Koffke emsig half und da die fragwürdigen Kunden des Herrn Buhl in letzter Zeit von unseren Mitarbeitern besonders genau beobachtet worden waren, ziemlich zuverlässig ermitteln, wer dieser »miese, freche Kerl« war: ein aus Magdeburg geflüchteter Buchhalter, nach dem polizeilich gefahndet wurde.

Major Polaroff holte mich in Sofia vom Flugzeug ab. »Ihre Ermittlungen, Genosse Brückner«, rief er aus, nachdem ich ihm berichtet hatte, »decken sich mit den unseren. Wir können zugreifen! Der Zettel, den Fräulein Böhme im Hotel erhielt, ist in einem der Papierkörbe an der Seepromenade gefunden worden, nahe dem Steg. Darauf stand als Anschrift lediglich: Rita B., Zimmer dreihundertfünfundzwanzig, also kein Familienname. Auch im Text nicht, sondern nur: ›Rita, dreiundzwanzig Uhr vierzig an Strand kommen, fünfzig Meter links vom Landesteg.‹ Da Fräulein Böhme wohl kaum daran dachte, vielleicht nicht einmal wußte, daß auch Frau Buhl mit Vornamen Rita heißt, ging sie, wahrscheinlich auf ein heiteres Abenteuer gefaßt, zum angegebenen Treffpunkt. Was dort geschah, kann ich vorläufig nur rekonstruieren, aber wir werden es bestimmt sehr bald durch die Geständnisse der Täter bestätigt finden: Anstelle der Rita Buhl, die den Lohn für Zubringerdienste ausgehändigt bekommen sollte, erschien – völlig unerwartet – eine junge Frau, die sofort mißtrauisch zu fragen begann: Rita Böhme. Wenn sie an Land blieb, zu schreien begann, war das Unternehmen der Menschenhändler geplatzt. Also zerrten sie die Kerle ins Motorboot und gaben Vollgas. Draußen haben sie dann die gefährliche Mitwisserin bedenkenlos ermordet, denn mitnehmen konnten sie sie so wenig wie zurückbringen.«

»Wohin mitnehmen?« fragte ich verblüfft.

»In die Türkei«, antwortete Polaroff. »Es gibt hier nämlich eine Bande, organisiert und geleitet von einem ehemaligen ungarischen Offizier, welche allen möglichen Verbrechern, kriminellen wie politischen, zur Flucht in die Türkei verhilft. Das Ehepaar Buhl leistet dabei Zubringerdienste, gegen beträchtliche Bezahlung natürlich. Aber nicht mehr lange, und unser Grenzschutz hat die Banditen dingfest gemacht. Die Falle ist bereits aufgestellt. Heute nacht schlägt sie zu.«

»Und Frau Buhl ...?«

»... ist bereits festgenommen. Ohne Zweifel werden sich aber Ihre Dienststellen mehr für sie und ihren Mann interessieren als wir.« Er sah mich lächelnd an. »Wollen Sie die Dame in Empfang nehmen?«

»Nee, danke bestens!« rief ich. »Ein wenig möchte ich nun doch noch meinen Erholungsurlaub genießen.«

ISBN 3-360-01216-X

1. Auflage

Rosa-Luxemburg-Str. 39, 10178 Berlin
Umschlag- und Reihengestaltung: Matthias Gubig
Druck und Bindung: Ebner Ulm